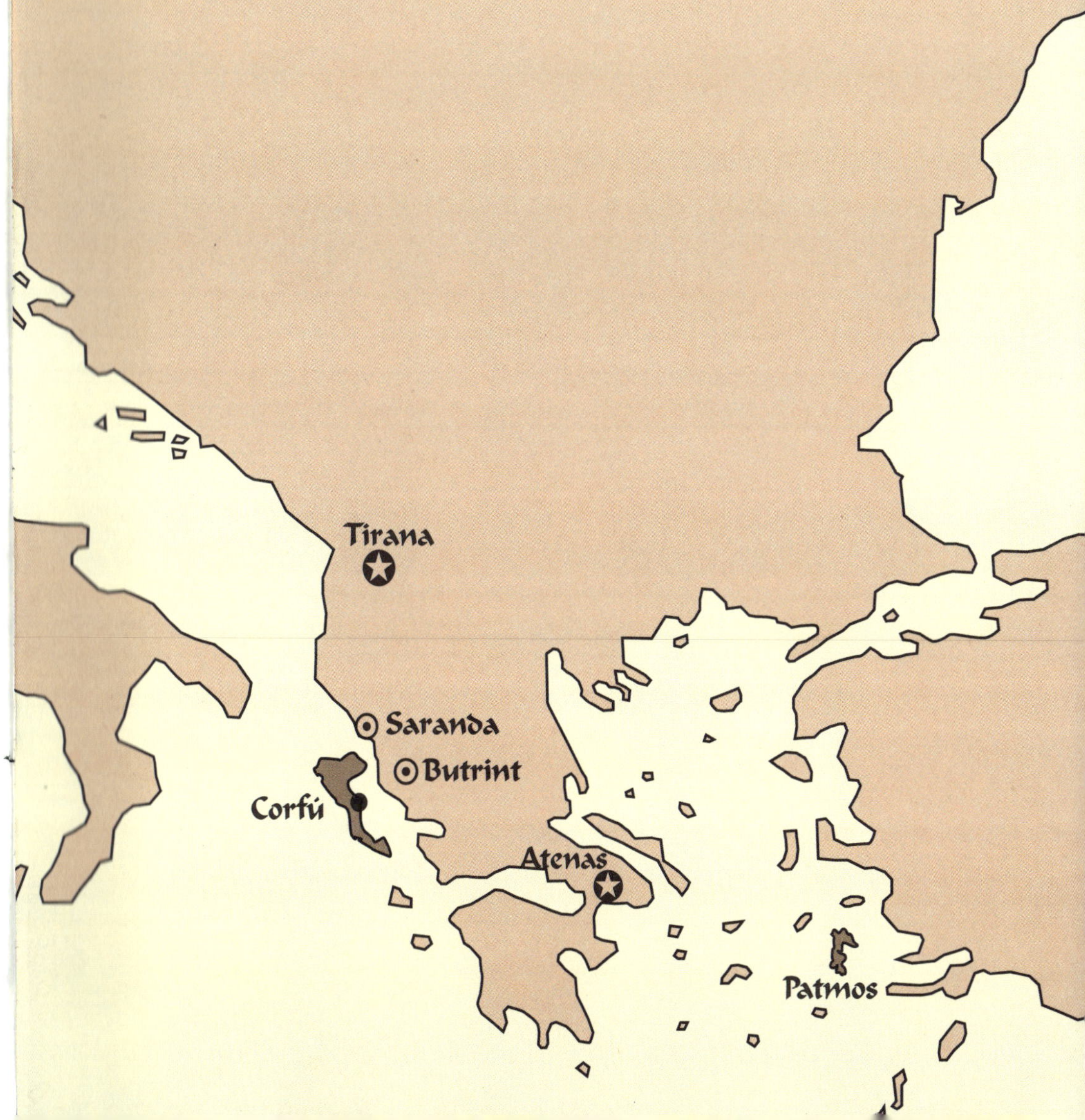
Tirana
Saranda
Butrint
Corfú
Atenas
Patmos

La profecía 2013

Francesc Miralles

La Profecía 2013

mr · ediciones

Primera edición: marzo de 2008

Mapas de Carles Gisbert

Paseo de Recoletos, 4. 28001 Madrid
www.mrediciones.com
ISBN: 978-84-270-3430-3
Depósito legal: M. 10.386-2008
Preimpresión: J.A. Diseño Editorial, S.L.
Impresión: Rotapapel, S.L.

Impreso en España-Printed in Spain

ÍNDICE

PRIMERA PARTE
LA CALLE CERRADA 9

SEGUNDA PARTE
TIRANA 149

TERCERA PARTE
EL HECHICERO DE PATMOS 271

CUARTA PARTE
ES SÓLO EL FIN DEL MUNDO 381

PRIMERA PARTE

LA CALLE CERRADA

I

La llegada de aquel sobre ámbar había quebrado una calma que era sólo aparente.

Había consumido el domingo por la tarde mirando con inquietud cómo el sol se desmoronaba detrás de las montañas. Aunque llevaba cuatro meses viviendo en aquella casa, todavía me hipnotizaba el espectáculo de los picos de Montserrat revestidos de luz dorada. Pronto caería la noche y empezarían a brillar las primeras estrellas.

Sin embargo, yo no experimentaba el menor sentimiento de plenitud. Como si el paisaje crepuscular fuera el cierre de una etapa en la que había conocido cierta felicidad, de repente sentía que mi mundo estaba a punto de derrumbarse.

Mientras cerraba los ventanales del balcón —entrado junio, aún refrescaba—, me dije que aquel mal presentimiento debía de ser simple aprensión de padre: Aina había salido en coche con Ingrid protestando de buena mañana y no habían regresado aún.

Pero cuando, de vuelta al salón, advertí el sobre junto a la puerta, supe que se avecinaban otro tipo de problemas. Desde mis investigaciones sobre el Cuarto Reino, nadie me había vuelto a contactar con métodos inusuales. Que alguien se hubiera tomado la molestia de acercarse a mi casa un domingo por la tarde y, sin llamar a la puerta, deslizar el sobre por debajo, era, como mínimo, desconcertante. Mi nombre escrito en paciente letra de imprenta no hacía más que confirmar esa impresión.

Tomé el sobre grande y amarillento entre los dedos con más temor que curiosidad y lo hice rotar 180° para ver el remitente:

Alfred Desmestre, anticuario
c/ de la Força 2, Gerona

Intrigado, lo abrí procurando no rasgarlo por si contenía alguna documentación de valor, aunque en ese caso no tenía sentido que yo fuera el destinatario.

Sólo había un pliego de fotocopias grapadas. Eran artículos y reportajes aparecidos en periódicos locales con un mismo denominador común: el robo de antigüedades en las comarcas de Gerona. Después de la noticia sobre una banda que se dedicaba a desvalijar capillas románicas, leí con desinterés el siguiente breve:

LADRONES QUE SE QUEDAN A VIVIR

Santa Coloma de Farners. La policía autonómica detuvo el pasado martes a cuatro hombres de nacionalidad italiana que, tras robar el mobiliario de una masía del siglo XVI conocida como Santa Creu, durmieron en una de sus dependencias al suponerla abandonada. Alertados por el propietario de un restaurante de montaña que había detectado el vehículo —una furgoneta blanca—, la familia propietaria denunció la ocupación de la finca. Tras la detención, la policía encontró en el interior de la furgoneta diversos muebles de valor procedentes de la masía.

Mientras hojeaba el resto de noticias entre bostezos, me pregunté por qué un anticuario me mandaba aquel dosier. ¿Qué interés podía tener para un americano desnaturalizado como yo aquella documentación?

La respuesta estaba al final del pliego, donde para mi sorpresa encontré un artículo publicado por mí, tres años antes, en un periódico de Santa Monica. Estaba impreso en su versión para Internet.

Casi lo había olvidado: el reportaje de tres páginas hablaba de las actividades de una banda, entonces recién desarticulada, que se dedicaba a robar reliquias y obras de arte europeas para millonarios de la Costa Oeste. La organización actuaba prácticamente a la carta: sus clientes pedían qué pieza concreta deseaban para su mansión y la banda dirigía a sus miembros en Europa al lugar deseado, se tratara de edificios institucionales, museos o casas privadas.

La relectura de aquel trabajo que me había procurado algunas amenazas —los «clientes» jamás reconocieron que habían adquirido los objetos robados por encargo— me devolvió el recuerdo amargo de unos tiempos en los que yo era un periodista arruinado a punto de divorciarme de la madre de Ingrid.

Mi cuenta corriente seguía rozando el cero absoluto, sobre todo porque no había dejado de pagar la hipoteca de la casa en Santa Monica, que algún día sería de mi hija; sin embargo, desde que había conocido a Aina en Barcelona, disfrutaba de una paz que había convertido el dinero en un problema menor. Y esa paz estaba a punto de desintegrarse sin yo imaginarlo.

Una sorpresa al final del pliego me devolvió a Europa y al misterioso anticuario. Unido lateralmente con un clip, encontré un billete de 200 euros junto a una pequeña nota manuscrita:

Le espero mañana lunes en la dirección del remite.
Este billete es para cubrir los gastos de
desplazamiento y compensarle por su tiempo.

Despegué el billete amarillo y lo miré con desconfiado estupor. El anticuario no había dejado su número de teléfono ni una dirección de correo electrónico para poder darle mi confirmación. Tal vez suponía que 200 euros eran suficiente acicate para un periodista que se ofrecía en los anuncios clasificados para hacer traducciones.

En cualquier caso, si se trataba de una consulta

sobre arte robado —aunque yo no era ningún especialista—, bastaría con salir temprano al día siguiente para estar de vuelta al mediodía.

Al doblar el billete y meterlo en mi cartera tuve la impresión de que firmaba tácitamente un contrato con Alfred Desmestre para un asunto que desconocía. De haber sabido el lío en el que estaba a punto de meterme, hubiera devuelto inmediatamente el billete al sobre, junto con toda la documentación, y se lo habría mandado por mensajero a su remitente.

El chillido de un frenazo me dijo que mis dos amores acababan de llegar. Y al parecer la excursión a Barcelona no había ido todo lo bien que debería, ya que Ingrid atravesó el salón furiosa y subió las escaleras hacia su habitación sin saludarme. Segundos después estalló un portazo en el piso de arriba.

Detrás de ella llegaba Aina, mi pareja desde que me había establecido en el país, con lágrimas en los ojos. Se sentó frente a mí en la mesa donde descansaba el sobre y, con los codos apoyados en la madera, me dirigió una mirada de recriminación:

—Alguien tiene que educar a esta salvaje —exclamó—. Sólo tiene catorce años y ya se cree con derecho a todo. Pretendía que la dejara quedarse esta noche en Barcelona, sólo porque ha conocido a un tipo en un café donde hemos merendado. ¡El viaje de vuelta ha sido un infierno! Daba tantos puñetazos al salpicadero que casi nos matamos.

—Tú también tienes el carácter fuerte —dije tratando de disculpar un poco a Ingrid, lo que no hizo más que enfurecer a Aina.

—Leo, tómate en serio este aviso: o metes a esa niñata en cintura o me acabaré largando. Supongo que es lo que ella quiere.

2

Me desvelé antes del amanecer. Tal vez por la fuerte discusión con Aina antes de acostarnos, había dormido de forma superficial y abrí los ojos poco después de las cinco de la madrugada. Di varias vueltas sobre la cama, pero no lograba conciliar nuevamente el sueño.

Estuve una hora larga tumbado mientras la oscuridad daba paso a la evanescente luz del alba. Cavilaba sobre lo que había dejado atrás al otro lado del océano. Ciertamente no mantenía relación alguna con mi ex mujer, que había renunciado a criar a su propia hija, pero de algún modo el suelo sobre el que has crecido siempre te aporta seguridad.

Aunque mi padre había regresado a su Barcelona natal cuando yo era un niño —me había rogado que no intentara ponerme en contacto con él—, para mí aquél aún era un mundo extraño. Había dedicado seis meses a aprender el idioma, y ahora era el perfecto americano desclasado que sólo puede aspirar a dar clases de inglés en una academia de segunda.

Dejé de lado mis lamentos para contemplar a Aina bajo la primera luz del día. Su melena rizada se desparramaba sobre la almohada como un mar de olas doradas. Le llevaba algo más de diez años, pero parecía estar a gusto conmigo: un hombre sin un pasado digno de mención y con un futuro más que incierto. Merecía mi amor ya sólo por eso.

Planté un beso en su frente antes de salir de la cama y subir en batín al piso de arriba.

Aún retumbaba en mis oídos el portazo de Ingrid la noche anterior. Sin embargo, al verla dormir plácidamente en su cama, me pareció una criatura incapaz de romper un plato. El cabello rubio y lacio, como el de su madre, dejaba al descubierto una mejilla llena de pecas mientras movía ligeramente los labios entre sueños.

Salí de su cuarto con la sensación —tal vez fuera sólo autoengaño— de que dejaba la casa en orden y podía partir hacia Gerona sin más sobresaltos.

Llevaba ya una hora al volante cuando empezó a perfilarse la silueta de la ciudad, con su maciza catedral sobre el río. Para realzar aún más esa estampa, en mi equipo de música sonaba John Dowland, el compositor y laudista del Renacimiento que tocó para Jaime I de Inglaterra.

Este artista melancólico por elección —tituló una de sus obras *Siempre Dowland, siempre triste*— logró hacerse muy famoso en su época y pasar a la posteridad con poco más de ochenta canciones, que cantaba él mismo acompañándose del laúd, y algunas piezas breves instrumentales. Un trovador listo que debía de encandilar con sus lamentos musicales a no pocas mujeres.

Yo había escuchado compulsivamente sus pavanas e himnos fúnebres durante las largas noches de estudio en Berkeley. Lo había recuperado recientemente al recibir como regalo de Aina, en mi 42 cumpleaños, una versión insólita de Sting titulada *Canciones desde el laberinto*.

Mientras escuchaba el CD al entrar en Gerona me dije que el cantante de The Police demostraba una capacidad vocal extraordinaria, pero no sabía decir si aquella versión me gustaba. En algunas canciones tenía la sensación de que era más Sting que Dowland.

Este dilema musical cesó al dejar el viejo Seat Ibiza en un aparcamiento del centro de la ciudad. Recogí el ticket y me puse una americana de algodón para presentarme ante el anticuario que alquilaba mis servicios por 200 euros.

Antes de llegar a la Rambla que conduce al casco viejo, donde antaño había estado la Judería, me detuve en un puente sobre el río Onyar. El panorama de casas de colores que se reflejaban en el agua me devolvió a la melancolía de Dowland. Los bajos lamidos por la humedad hablaban de tiempos en los que el curso del río debía de haber puesto en peligro estas edificaciones de belleza decadente.

Abandonado el panorama desde el puente, avancé entre cafés y tiendas cerradas a aquella hora de la mañana. La Rambla desembocaba en un callejón que torcía a la derecha hasta la cuesta de entrada al Barrio Judío, que parecía impecablemente restaurado.

Me interné en lo que debía de haber sido la arteria principal de la Judería, justamente la calle de la Força donde tenía su negocio el anticuario. Tal vez llegaba demasiado pronto, ya que todos los establecimientos estaban cerrados, pero el romanticismo de aquella calle flanqueada de edificios nobles me hizo olvidar el motivo que me había llevado hasta allí.

Al llegar al final de la cuesta me di cuenta de que no había prestado atención al número del anticuario. Esto me obligó a bajar nuevamente mientras curioseaba en los escaparates de las tiendas. Pasé por el Museo de Historia de los Judíos, con una librería dedicada también a la cultura hebraica.

Mientras me preguntaba si quedarían familias judías en la ciudad, llegué al número 2. El rótulo correspondía efectivamente a una tienda de antigüedades. Sin embargo, el escaparate estaba tapado con tela de saco como si el local estuviera en obras.

Llamé al timbre sin demasiada convicción de encontrar a alguien, a fin de cuentas, aún no eran las diez de la mañana, pero pocos segundos después se abrió una puerta lateral. Al ver a un hombre moreno de nariz aguileña, con una chaqueta de pana sobre los hombros caídos, tuve la certeza de que me hallaba ante Alfred Desmestre. Aunque tendría poco más de cincuenta años, su mirada cansada pero sagaz me decía que era alguien acostumbrado a fijar al momento el valor de las cosas. Y en aquel momento me estaba tasando a mí.

—Si usted es Leo Vidal —dijo con suave voz cantarina—, ha llamado al timbre correcto.

—Espero no llegar demasiado pronto —me disculpé—. Lo cierto es que me gustaría estar de vuelta antes de la tarde.

—Me temo que no va a ser posible —replicó el anticuario.

Esta aseveración me irritó y mi interlocutor lo advirtió enseguida, ya que se apresuró a añadir:

—Quiero decir si le interesa el encargo, por supuesto. Considere lo que ha cobrado como una simple compensación por el viaje, luego hablaremos de cifras.

—Creo que es prematuro hablar de cifras antes de conocer de qué se trata. Es muy posible que no sea la persona adecuada para...

—Mejor dicho —me interrumpió el tal Desmestre—, vamos a hablar de *una* cifra. Tiene sólo cuatro dígitos, pero si le añadimos tres más, podemos ganar una fortuna.

—¿Podemos? —repetí lamentando ya haber acudido a la cita con aquel iluminado.

—Eso mismo he dicho: usted y yo podemos ganar una pequeña fortuna si tiramos del hilo adecuado.

—Yo que usted, no utilizaría el plural antes de saber si me interesa el asunto —dije poniéndome a la defensiva.

—Le interesará, no lo dude.

El anticuario cerró estas palabras poniéndose las manos en los bolsillos mientras arqueaba ligeramente las cejas canosas. Tenía el aspecto de ser un lince de los chanchullos. Por los rasgos angulosos de su cara, probablemente era de ascendencia judía, como yo.

—Ya veremos —repuse—. Lo mejor es que

pongamos en claro desde ahora de qué va el asunto.

—Estoy con usted, pero permítame que primero le enseñe un poco el barrio. Nos sentará bien un paseo antes de hablar de negocios.

3

Subimos por el empedrado de la calle de la Força mientras un cúmulo de nubes bajas ahogaba el cielo.

Desmestre había interrumpido su cháchara y, por su mirada tensa, parecía estar entregado a complicados cálculos. Por mi parte, no podía dejar de admirar los callejones estrechos y sombríos que ascendían lateralmente de aquella vía noble.

Para un americano siempre es excitante hallarse en un escenario medieval, así que interpelé a mi acompañante:

—¿Quedan judíos en el barrio?

El anticuario se detuvo como si le acabara de

formular una pregunta absurda a todas luces. Luego contestó:

—Ya no. Exceptuando a Elsa y a mí, no queda ninguno, aparte de los turistas que vienen a conocer el Call Jueu, que es como se conoce este barrio. Ella le dará más datos si le interesa la historia.

—No quisiera hacer perder tiempo a su esposa por una simple curiosidad —dije obviando mis propios orígenes.

—Es mi hija. Mi esposa regresó a Israel hace ya diez años. Apenas tenemos contacto. Pero Elsa estará encantada de que la saque usted a cenar. Dice que esta ciudad la asfixia, no se siente integrada.

Estuve a punto de replicar «No pienso sacar a cenar a nadie, si es que decido quedarme hoy aquí», pero antes de que pudiera hacerlo, Desmestre completó su reflexión:

—Yo creo que la culpa es suya, que es un poco rara.

Tras callejear unos minutos, llegamos a una amplísima escalinata coronada por la catedral, una mole de mármol que se erguía orgullosa dominando la ciudad. Tenía un inquietante ángel negro en lo alto de la torre.

Sonriendo ante mi sorpresa —lo cierto era que

las dimensiones de aquella catedral superaban mis expectativas—, el anticuario me palmeó suavemente la espalda para que subiéramos. En las escaleras tropecé con un borracho que empezó a insultarme en un idioma desconocido para mí, y siguió vociferando mientras ganábamos los últimos escalones.

Los gritos y el cielo plomizo que amenazaba lluvia no hacían más que imprimir a aquel escenario un aire de extraña hostilidad, como si las mismas piedras desaprobaran mi presencia allí. De repente me sentí fuera de lugar en aquella ciudad y en compañía de un tipo del que desconocía las intenciones. Al llegar arriba, le pregunté a bocajarro:

—¿Cómo ha logrado localizarme? ¿Por qué metió ayer en mi casa la documentación? —pregunté tocando el sobre ámbar que sobresalía de mi bolsa de cuero—. ¿No habría sido más fácil telefonearme? Al menos podría haber llamado a la puerta.

—Elsa es así —se limitó a decir mientras elevaba la mirada hacia la torre del ángel negro—. Aprovechando que ella estaba de retiro en Montserrat, le dije que se acercara en coche a dejarle el sobre con la nota. Me dieron su dirección en el consulado en Barcelona.

—Pensaba que esa información era confidencial —repuse irritado.

—Depende de quién la pida.

Sin aclarar nada más, el anticuario extendió el brazo para señalarme un rostro de piedra en la fachada de la catedral. De repente aquel hombre había perdido su aire severo. Estaba exultante.

—¡No me diga que no lo ve!

Miré nuevamente la cabeza de piedra entre los relieves de santos y ornamentos. Representaba un hombre de ojos muy saltones, con melena y bigotes larguísimos.

—Lo veo perfectamente —dije sin saber a qué se refería.

—¿No es extraordinario? Quiero decir, que este hombre esté aquí, en una fachada del siglo XVII. Supongo que lo ha reconocido.

—Si le soy sincero, no.

—Es Dalí. ¡Salvador Dalí!

Confuso, examiné con más detención aquella cara que parecía surgir de la fachada. Conocía bien el rostro del pintor surrealista y ciertamente el parecido era asombroso.

—Esta cabeza de piedra ha provocado todo tipo de interpretaciones —explicó Desmestre—. Se dice que el escultor la realizó después de soñar con el advenimiento del genio tres siglos después. Una premonición extraordinaria, ¿no le parece? Aunque tiene sus detractores.

—¿Qué otras hipótesis hay?

—Los escépticos dicen que la cosa sucedió justamente al revés. Dalí, que conocía bien la catedral, se dejó el pelo y los bigotes largos imitando esta escultura para construir su propio mito. Replicó incluso su mirada alucinada.

Ya en el interior de la catedral, cuya nave era exraordinariamente amplia, el anticuario me ilustró en voz baja sobre los constructores de la catedral: masones que incluían entre la imaginería religiosa símbolos esotéricos, muchos relacionados con la kábala y la alquimia, que sólo captaban los iniciados.

—Eso explica que haya tantos dragones por todas partes —concluyó—. Representan lo telúrico, el poder que surge de las profundidades de la tierra.

—Lo mismo me dijeron del emplazamiento del monasterio de Montserrat —comenté en referencia a una investigación anterior que deseaba olvidar cuanto antes.

—No le quepa duda. Si viajamos hacia atrás en el tiempo llegaremos allí. Esta catedral gótica se construyó sobre una edificación románica. A su vez, se ha descubierto que existió incluso una iglesia anterior. Y debajo de ésta, un templo romano. Si seguimos retrocediendo, seguro que daríamos con un lugar de culto pagano, muy anterior al cristianismo. Siempre en el mismo lugar. ¿Y sabe por qué?

Me limité a aguardar su respuesta con silencio expectante.

—Porque aquí abajo hay algo —concluyó—. Algo suficientemente poderoso para haber traído de cabeza a miles de artesanos durante tres milenios. No sabemos lo que es, pero se encuentra bajo nuestros pies.

—¿Se refiere a un nido de dragones? —dije tratando de ser gracioso.

El comentario no pareció agradar al anticuario, que acto seguido hizo un gesto con la cabeza para que abandonáramos el templo.

4

Al salir de la catedral nos recibió un potente trueno como preludio de una tormenta que tardaría en amainar. Antes de que tomáramos una calle descendente, Desmestre me sujetó por el hombro y me señaló una siniestra gárgola que emergía de un muro lateral. Era una figura femenina de rostro deforme que arrojaba agua por la boca. El escultor había dejado para ese fin un orificio de modo que la lluvia se filtrara creando ese efecto.

—Es la bruja de la catedral —comentó el anticuario, entusiasmado de poder mostrarle en acción—. Según la leyenda, por estos aledaños vivía una hechicera que odiaba tanto la religión cristiana que lanzaba injurias a los fieles y arrojaba piedras contra el templo. Hasta que un día, como castigo divino, quedó ella misma convertida en piedra y pegada a este muro. Ahora lo único que puede hacer es escupir agua.

Mientras explicaba esto, observé cómo las gotas de agua se deslizaban lentamente por sus hombros en forma de tienda de campaña. Finalmente dijo:

—Si le parece bien, propongo que tomemos un aperitivo en mi restaurante favorito. Estaremos solos y podremos hablar con discreción del asunto.

—Lo celebro —contesté feliz de que dejáramos de lado el folclore para ocuparnos de lo que me había traído hasta allí.

El restaurante se hallaba en la calle Calderers y tenía el insólito nombre de *El cul de la lleona*.* Como faltaban aún tres horas para el almuerzo, estaba cerrado, pero Desmestre sólo tuvo que dar unos suaves golpecitos al cristal para que acudiera un joven sonriente de cabellos rizados a abrir la puerta.

* En castellano, «El culo de la leona».

Por el tono aceitunado de su piel, supuse que era magrebí.

—Nos vendría bien algo caliente en esta mañana pasada por agua —anunció el anticuario en tono cantarín.

El camarero se limitó a llevarnos hasta una mesa cercana a la entrada y cerró la puerta del restaurante con llave. Luego corrió las cortinas.

—Vengo casi cada día a comer —aclaró el anticuario—. Permita que pida un tentempié para los dos. No es bueno hablar con el estómago vacío.

Cinco minutos después, el camarero trajo pan tostado con tomate y una fuente con embutidos locales. También dejó en la mesa un frasco con vino tinto.

—Hablemos ya de trabajo —dije tomando una rebanada de pan acompañada de embutido—. Ha mencionado una cifra de cuatro dígitos que puede tener siete. ¿A qué diablos se refiere?

—Explicado así, parece un acertijo. Pero trataré de simplificar la cuestión en lo posible. ¿Sabe usted algo de la Kábala? Es una ciencia que se desarrolló de manera extraordinaria en esta ciudad. Cuando el Call Jueu estaba en auge, aquí vivían los mejores kabalistas de Europa. Pero ya hablaremos de eso en otro momento.

—Sí, vayamos al grano —repuse impaciente.

—Explicado de forma breve y prosaica, hará unos veinte años que dejé Israel para abrir la tienda de antigüedades que ha visto.

De hecho, yo no había visto nada, porque el escaparate estaba cubierto con una lona, pero no quise interrumpirle.

—Desde que este barrio fue restaurado —continuó—, la ciudad se ha enriquecido de forma considerable. Y no sólo por el turismo ocasional. También hay extranjeros de cierto nivel que se han instalado aquí. Como su colega Lance Amstrong, el ciclista.

—Sé quién es. Siga, por favor.

—Bueno, digamos que me gano la vida razonablemente bien comprando el mobiliario de pisos y casas antiguas, aunque luego cuesta lo suyo dar con clientes interesados. Hay que reconocer, sin embargo, que Internet ha facilitado las cosas.

Apuré el vaso de vino rogando al cielo lluvioso que aquel hombre se dejara de preámbulos y soltara de una vez su propuesta. Me estaba agotando la paciencia. Desmestre debió de advertir mi inquietud, ya que de repente dijo:

—El caso es que he sido víctima de un terrible robo.

Tras esa declaración, se hizo un silencio incómodo en el restaurante, donde el camarero —o tal vez fuera el dueño— parecía haberse volatilizado.

—Con todos mis respetos, señor Desmestre —empecé, lamentando ya haber hecho el viaje—, debería poner este asunto en manos de la policía. Que yo escribiera sobre arte robado para millonarios californianos no significa...

—Significa mucho —replicó secamente—, al menos para mí. Ahora mismo usted es la única persona que me puede ayudar a que el dinero no se pierda. Y voy a ser muy generoso. Es más: nos repartiremos el beneficio a partes iguales.

—Insisto —dije anticipándome a los problemas—, éste es un caso para la policía, no para un periodista. Si no confía en las autoridades, contrate a un detective privado.

—La policía está al corriente del robo —puntualizó—, pero eso no me devolverá las cartas. Es más, ni siquiera les he informado de su existencia.

Tal como me temía, aquello tenía todos los visos de ser turbio. El sentido común aconsejaba que me desmarcara cuanto antes. No obstante, antes me dejé llevar por la curiosidad. Pregunté:

—¿De qué cartas habla? No entiendo nada.

Desmestre me estudió elevando ligeramente las cejas. Mientras lo hacía, sus hombros parecían a punto de plegarse en una vertical.

—Antes de entrar en detalles necesito saber si acepta el encargo. Nadie que esté fuera de este asunto debe conocer de qué se trata.

—Entonces considéreme fuera del asunto. No pienso aceptar un trabajo a ciegas, y éste, además, me huele a chamusquina. Definitivamente, búsquese a otro.

Dicho esto, me quedé súbitamente relajado. Sin embargo, el anticuario no pareció conceder importancia a mi renuncia, ya que explicó parsimonioso:

—Normalmente compro en casas deshabitadas de los alrededores de Gerona. En el casco viejo cuesta encontrar muebles que merezcan la pena. Donde los hay, los propietarios son conscientes de su valor y ponen precios desorbitados. No es negocio. Por eso me llevé una agradable sorpresa al encontrar una cómoda modernista en un lote a precio de ganga. Había pertenecido a un anciano que había pasado toda su vida en el Call. Cuando muere un tipo solitario como ése, la familia suele correr a vaciar el piso para ponerlo a la venta enseguida y repartirse la herencia.

—Y, con las prisas, entra usted a llevarse los muebles de valor —me atreví a decir.

—Les hago un favor, créame —se defendió sin mostrarse ofendido—. Soy el que mejor paga y en las piezas importantes, además, doy un porcentaje al propietario de lo que se consigue en subasta.

—¿La cómoda era una pieza importante?

—¡Por mí, como si le quieren prender fuego! —declaró de repente—. Es de la época, pero de escasa belleza. Uno de esos muebles que se fabricaban para familias humildes. Además estaba podrida por la humedad.

Desmestre hablaba como si yo fuera el incauto propietario de un mueble del que hubiera que echar pestes para abaratar su precio.

—Si tiene tan poco valor, ¿por qué le preocupa? Porque lo que le han robado es ese mueble, ¿me equivoco?

—No se equivoca. Y el mueble no tiene mayor interés. Una vez restaurado, podría haber sacado poco más de mil euros por él. Otra cosa es lo que contenía.

—¿Qué era? —pregunté intrigado—. Ha hablado usted de unas cartas.

—Eso mismo. Un pliego de cartas en buen estado de conservación, atadas cuidadosamente con una cinta de seda negra. Cuando descubrí de qué se trataba, me dije: «Alfred, te ha tocado la lotería».

—Explíquese, no me tenga más en ascuas.

—Será mejor que me acompañe a la tienda —susurró mientras vigilaba de reojo la cocina, donde ahora se oía un rumor de cacerolas y platos—. Así, de paso, verá cómo ha quedado aquello.

5

Entré en la tienda de antigüedades sorteando un mar de cristales rotos esparcidos por el suelo. Parecía que allí hubiera estallado una bomba de baja intensidad.

Al ver desde dentro la cristalera hecha añicos que cubría la lona, entendí que el robo se había llevado a cabo con el procedimiento del butrón. Por la prensa sabía que se utilizaba a menudo en joyerías. Un método tan rápido como expeditivo: los ladrones estrellaban el coche o furgoneta contra un escaparate y vaciaban el interior del establecimiento en cuestión de segundos, antes de que la policía acudiera a la llamada de la alarma.

—La cómoda modernista no les debía de parecer de tan poca monta si organizaron este lío —comenté—. Un golpe como éste supone un gran riesgo para los ladrones.

—Estoy con usted —admitió el anticuario pasándose la mano por la nuca, como si aún no pudiera creer que aquello hubiera sucedido—. Pero no se llevaron sólo la cómoda, sino también un escritorio del siglo XVIII, varias pinturas medievales y una escultura de plata. Es un buen botín, aunque puedo recuperar una parte a través del seguro.

—¿Y las cartas? Aún no me ha dicho qué eran.

Desmestre me estudiaba con los brazos cruzados. En los dominios de su tienda parecía un hombre menos jovial y hospitalario, un comerciante que nunca baja la guardia. Exhaló un profundo suspiro antes de decir:

—Supongo que puedo confiar en usted.

—Puede confiar si quiere, pero eso no significa una aceptación del encargo por mi parte.

—Es imposible que no le interese —concluyó el anticuario mientras me señalaba un despacho trasero para proseguir la conversación.

Era un pequeño almacén que apestaba a disolvente. El olor a alcohol era tan fuerte que costaba trabajo respirar. Tomé asiento en una silla desvencijada mientras Desmestre encendía una lamparita y se reclinaba sobre un baúl. Una aria de ópera procedente del primer piso acababa de dar solemnidad a la escena. El anticuario empezó:

—Antes le he explicado que en la Gerona judía vivieron kabalistas de gran prestigio mundial. Eran expertos en numerología que buscaban claves ocultas en las Sagradas Escrituras. No sé si sabe que están cifradas.

Negué con la cabeza mientras el disolvente parecía perforarme los pulmones.

—Ahondar en ello nos llevaría un tiempo del que no disponemos —continuó—. En cualquier caso, los kabalistas fueron barridos de la ciudad por la Inquisición, como el resto de población de origen hebreo. Desde entonces la presencia de judíos en Gerona ha sido inexistente, exceptuando algún caso puntual como el que ahora conocerá. Le voy a hablar de un hombre llamado Isaac Caravida, sefardí como yo, que se instaló muy cerca de aquí a principios del siglo XX. Preste atención porque es una historia apasionante, señor Vidal.

—Soy todo oídos —repuse tratando de disimular mi fastidio.

—El apellido Caravida, como Desmestre, fue muy común en la época dorada del Call Jueu. Al dejar Alemania para establecerse aquí, el tal Isaac debió de sentir que regresaba al hogar de sus antepasados. Era un hombre austero pero bastante rico, ya que no me consta que ejerciera ningún oficio en Gerona. Vivía solo, en una planta baja como ésta, dedicado en exclusiva al estudio.

—Un kabalista del siglo XX que buscaba las raíces de sus ancestros —añadí.

—Algo así, pero Isaac Caravida no se limitaba a escarbar en las huellas de la vieja judería. Era un cosmopolita que se relacionaba con gente importante de su tiempo. Entre ellos destacaba un hombre singular con quien mantuvo una dilatada correspondencia.

—Por fin llegamos al quid de la cuestión —dije deseoso de abandonar aquel lugar—. Supongo que es el autor de las cartas atadas con una cinta negra que desaparecieron junto con la cómoda.

—Eso mismo. ¿No se huele quién puede ser?

—Yo sólo huelo el disolvente para decapar muebles. Suéltelo ya antes de que caiga desmayado de esta silla.

Desmestre parecía tan emocionado con la revelación que estaba a punto de transmitir que pasó por alto mi sorna. Su voz melodiosa adquirió un tono grave y lúgubre al pronunciar:

—Carl Gustav Jung.

Tras decir estas palabras se hizo un silencio como si el anticuario hubiera mencionado al mesías. Mientras tanto, el disco de ópera del vecino seguía girando ajeno a lo que sucedía en aquel taller.

—¿No le dice nada este nombre? —me preguntó a punto de escandalizarse.

—Los americanos no somos tan estúpidos como usted cree. Algo nos enseñan en la universidad. Sé que era un colaborador de Freud bastante excéntrico y que se interesaba por todo lo esotérico.

—Permítame que añada algo más sobre el personaje —repuso Desmestre acalorado—. A él le debemos la diferenciación entre introvertido y extrovertido, la teoría de los arquetipos, el inconsciente colectivo, la sincronicidad...

—Me parece muy bien —le interrumpí—, pero no estamos aquí para hacer un seminario sobre

Jung. Centrémonos en las cartas que envió al kabalista.

—Celebro que sea usted un hombre práctico. Es justo lo que necesito para el negocio que nos ocupa. Efectivamente, Caravida mantuvo durante 1913 una animada correspondencia con Jung. En el cajón inferior de la cómoda había un total de 16 cartas, perfectamente ordenadas. Comprobé la grafía y la firma de todas ellas con facsímiles de este psiquiatra suizo y no hay duda: son de Carl Gustav Jung.

—Entiendo que sean valiosas para los estudiosos de su obra —añadí.

—Mucho más de lo que usted pueda imaginar ahora mismo —declaró el anticuario con mirada ardiente—. Para empezar, la correspondencia abarca todo 1913. Al parecer, Caravida perdió el contacto con Jung al año siguiente con el estallido de la guerra.

—¿Y qué tiene 1913 de particular?

—Algo que pronto sabrá y que es el motivo por el que le he hecho venir. Por otra parte, fue justamente en 1913 cuando Jung tuvo su último encuentro con Freud. Tras una agria discusión, sus caminos se separaron definitivamente.

—Por lo tanto —deduje—, la correspondencia con Caravida documenta ese divorcio.

—¡En absoluto! —saltó Desmestre entusiasmado—. Apenas menciona a Freud. Y por lo que pude entender de las cartas, fue Jung quien se puso en contacto con el amo de la cómoda para interesarse por el estudio que estaba llevando a cabo.

—Algo relacionado con la Kábala.

—Lógicamente, era la especialidad de Caravida. Y no se había fijado un reto pequeño: su intención era reducir la Biblia a una clave de sólo cuatro dígitos. Una cifra que los que realizaron la antología de las Sagradas Escrituras ocultaron hábilmente, y que obligó a nuestro hombre a realizar un complicadísimo cálculo numérico. Sólo Jung estaba al corriente de ese estudio.

—¿Cuatro dígitos? No veo la utilidad...

—Piense un poco, señor Vidal, piense —me cortó—. ¿Qué tiene cuatro dígitos?

—1913, por ejemplo.

—Exacto, pero no es relevante cuándo se realizó el estudio kabalístico. Lo que ellos buscaban en la Biblia era una fecha mucho más trascendente. Y la encontraron exactamente a un siglo de distancia: 2013. ¡Ése es el año!

—No entiendo nada. ¿Qué tiene de especial el 2013.

—Oh, es una efeméride sin importancia —declaró Desmestre con un temblor en la voz—, sólo es el año del fin del mundo.

6

La conversación había quedado interrumpida en su momento más álgido por el timbre del teléfono fijo.

Aproveché que Desmestre había ido a contestar a la parte delantera de la tienda para curiosear un poco en el taller. Había un par de armarios a los que se había retirado el barniz, un sinuoso perchero con incrustaciones y un estante metálico que daba soporte a todo tipo de objetos: pipas de marfil, una cámara centenaria, varios ceniceros de cristal verde, un despertador en miniatura y un portafotos con un retrato muy antiguo.

Me acerqué a contemplarlo, admirado por el

magnetismo de la modelo. Era una damisela de profundos ojos negros y labios bien dibujados. Iba vestida con una blusa de seda clara, sobre la que destacaban las ondulaciones del cabello oscuro. Sin ser una belleza perfecta, había algo turbador en aquella joven de otra época. Tal vez fuera su mirada aguerrida y al mismo tiempo ingenua, propia de alguien que trata de ocultar su vulnerabilidad.

Al oír que se acercaban los pasos del anticuario, me aparté del estante metálico para ocupar nuevamente la silla, como si hubiera estado haciendo algo ilícito.

—No hay nada nuevo —dijo en referencia a la conversación que acababa de tener, supuse que con la policía.

—Tampoco aquí hay nada nuevo —respondí paseando la mirada por las antigüedades.

Desmestre no captó mi chiste malo y retomó la conversación en el punto exacto en el que la habíamos dejado, lo cual era una buena noticia para mí porque me ahorraría nuevos rodeos.

—Mi propuesta es la siguiente —empezó mientras se apoyaba nuevamente en el baúl—. Puesto que todo lo robado acaba vendiéndose en otra parte, su misión sería recomprar esas cartas a los ladrones. No escatimaré en medios: pondremos dinero suficiente para que se arriesguen a vender. Usted sabe que los objetos robados duermen un buen tiempo en algún oscuro almacén antes de entrar en el mercado.

Como si con eso quedara todo explicado, Desmestre aguardó mi respuesta mientras se pasaba la mano por el pelo negro y brillante. Al hacerlo, me di cuenta de que su rostro guardaba bastante parecido con el de la atractiva joven del retrato. Supuse que debía de tratarse de su abuela o bisabuela, por la antigüedad de la imagen en el nitrato de plata.

—Y ahora, dígame —me interpeló impaciente—: ¿Está dispuesto a ayudarme?

—Siento decepcionar sus expectativas, pero creo que su plan no es tan sencillo como cree.

—¿Quién ha dicho que sea sencillo? Pero ya que usted adquirió cierta experiencia con los ladrones de arte en California, tal vez conozca algunos canales para llegar a este tipo de gente. Yo sólo le pido que lo intente. Sólo por eso obtendrá una buena gratificación.

—Aunque lograra dar con ellos —argumenté valorando la cuestión—, sepa que por comprar objetos robados podría terminar en la cárcel.

—Pero no en este caso, puesto que lo sustraído vuelve a su propietario, y puedo dar fe por escrito de que trabaja para mí.

—¿Tanto interés tienen para usted estas cartas?

—Mi interés aquí no cuenta, sino el de mi cliente. Justo antes del robo había cerrado la venta en una subasta.

—Pero si pagamos a los ladrones una fortuna por las cartas, no le quedará margen para el negocio.

—Normalmente así sería —dijo abriendo los ojos oscuros como si necesitara captar la poca luz del taller—, pero tengo la impresión de que los ladrones no tienen ni idea del valor que tienen para alguien esas cartas. Por eso podemos tener manga ancha, pagar lo que pidan y luego vender a mi cliente. Si todo sale bien, nos repartiremos el beneficio restante al cincuenta por ciento. Es un buen trato, ¿no le parece?

—Permítame que me lo piense al menos hasta mañana —respondí, aunque estaba seguro de no querer participar en aquel chanchullo—. Esto es mucho más complejo de lo que me pensaba.

—¿Y no le gustaría saber antes el valor de las cartas? —añadió Desmestre con una sonrisa tensa—. Es un dato a tener en cuenta a la hora de tomar una decisión.

—Sorpréndame.

—Déjeme antes explicarle cómo se produjo la subasta.

—Es usted un amante del suspense —protesté—. Con lo fácil que sería dar la cifra y punto.

—No sea tan prosaico. Además, conocer la historia quizás le aporte alguna pista.

—Adelante, pero sea breve.

—Tan pronto como validé la autenticidad de las cartas, puse el hallazgo en conocimiento de una casa de subastas de Londres. Fue comunicado por correo electrónico a los clientes con un perfil adecuado a una pieza de esta categoría. Puede imaginarlo: instituciones públicas, fundaciones, coleccionistas privados de esta clase de documentos... Se hizo una subasta en toda regla y un protector del British Museum ofertó 50.000 libras por las cartas. Una cifra nada despreciable.

—Ciertamente.

—Pero ahora viene lo mejor. Cuando ya estaba

a punto de cerrarse la operación, un particular lanzó una nueva oferta. Se trataba de alguien determinado a ganar la partida como fuera, porque hablamos de una cifra tan escandalosa que no admitía contraoferta.

—En California conocí a millonarios así. Supongo que su cliente doblaría la oferta para espantar a los competidores.

El anticuario respondió a mi suposición con un suspiro. Luego declaró solemne:

—Si sólo fuera eso, tal vez ahora mismo no estaríamos hablando.

Las proporciones que estaba tomando aquel asunto me habían hecho olvidar incluso el olor del disolvente. Como si ya estuviera metido en aquel juego, pregunté:

—¿Cuánto ofreció el particular?

—Agárrese fuerte: dos millones trece mil euros. La oferta se hizo en esta divisa desde el norte de Europa. ¿No le parece extraordinaria?

—Me parece sobre todo caprichosa. ¿Qué pintan esos trece mil euros?

—Cómo se nota que no ha tocado nunca la Kábala —añadió Desmestre en tono lúdico—. La oferta, además de desorbitada, es totalmente simbólica:

2,013 millones. Sin duda, la hacía alguien que conocía el contenido de las cartas.

—Pero eso es imposible —intervine—, a no ser que...

—Lo ha adivinado usted —me interrumpió emocionado—. Si mantiene engrasada la intuición, podremos llegar al final del asunto.

—A no ser que el comprador posea la otra parte de la correspondencia —terminé.

—Es decir —recapituló el anticuario—, alguien que consiguió las cartas que mandó Caravida, pero a quien le faltan las respuestas de Jung. El primero debía de hablar de la marcha del estudio kabalístico hasta llegar al 2013.

—Pero le faltan los comentarios de Jung —añadí—. Eso es lo que interesa al comprador, si es que realmente estaba dispuesto a pagar esa cifra.

—Puedo asegurarle que lo estaba. Era una oferta en firme.

—Se trata, sin duda, de un millonario excéntrico —argumenté—, porque con mucho menos se habría salido con la suya. Al parecer, le excitaba pagar exactamente esa cifra. Probablemente sea un fanático de Jung. O de los pronósticos del fin del mundo, quien sabe.

Un brillo inquietante apareció en los ojos cansados de Desmestre, que sabía más de lo que aparentaba, al concluir:

—O de ambas cosas.

7

Tras departir con Desmestre durante horas sin llegar a ningún acuerdo, al mediodía me retiré al hotel Carlemany, un establecimiento funcional reservado por mi inquietante anfitrión. El poco sueño y la larga conversación me habían agotado, así que decidí entregarme a una siesta sin ni siquiera almorzar.

Mi intención era dormir un par de horas y luego desvincularme del asunto de las cartas esa misma tarde. Si aquella historia de locos era tal como me la contaba el anticuario, meter las narices sólo me daría un pasaje a la tumba. Por mucho menos dinero una banda de delincuentes sería capaz de volar el hotel entero donde me alojaba.

Este pensamiento me desveló y estuve largo rato mirando el techo blanco de la habitación, que reflejaba de forma casi ofensiva la luz del ecuador de la jornada.

Aunque sólo llevaba medio día fuera de casa, de repente sentí nostalgia de Aina y de mi hija. Aquél era el primer lunes sin clases —había empezado las largas vacaciones de verano—, así que llamé primero al móvil de Ingrid para asegurarme de que todo iba bien.

Contrariamente a su costumbre, respondió segundos después, lo cual ya era una buena noticia.

—¿Dónde estás? —le pregunté ejerciendo de padre controlador.

—En casa, ¿dónde quieres que esté?

—¿Y qué haces?

—Nada especial: veo la tele. Para tu información, mientras tanto como una pizza que acabo de sacar del microondas.

—No es lo más sano del mundo.

—La vida tampoco es sana, papá —replicó irónica—. Fíjate si es mala que te acaba matando.

—En eso tienes razón —dije sonriendo para mis adentros—. ¿Cómo está Aina? No me gustó nada que ayer tú...

—Ya hemos hecho las paces —me interrumpió—. Se me fue un poco la olla, eso es todo.

—¿Eso es todo? —repetí—. ¿Ya te has disculpado?

—Sí, y ahora te tengo que dejar. Van a empezar las noticias.

—¿Desde cuándo te interesan las noticias? —pregunté asombrado.

Como toda respuesta, Ingrid cortó la comunicación.

Me quedé un rato pensativo, meditando si debía o no llamar a Aina al trabajo, pero finalmente no lo hice porque trabajaba en la biblioteca hasta las cuatro, y no era el lugar más adecuado para mantener una conversación telefónica, así que lo dejé para más tarde.

Mis preocupaciones volvieron a Ingrid, ya que pronto tendría que decidir qué hacer con ella cuando llegara septiembre. Desde que vivía con nosotros, se había adaptado mal al instituto —era demasiado perezosa para aprender idiomas— y no podía pasar otro año en blanco.

Si ella no cambiaba de actitud, la única opción era mandarla a una cara escuela americana de las afueras de Barcelona, un moderno internado donde entre semana vivían los hijos del personal diplomático del consulado. Sin embargo, costear esos estudios era inimaginable en mi actual estado de cuentas.

Eso me llevó a revisar, aunque con total escepticismo, la temeraria propuesta del anticuario. Aunque lograra contactar de algún modo con los ladrones, no sería nada fácil cerrar un trato que implicaba desembolsar una fortuna, si es que Desmestre estaba dispuesto a arriesgar el dinero.

Por lo que sabía de estos trapicheos, habría que contar con un intermediario que pediría una comisión equivalente a lo que se llevaran ellos. Y sin ninguna garantía. El montante total podía llegar a los 100.000 euros fácilmente. Luego habría que ver si el misterioso comprador mantenía la oferta de 2.013.000 euros. En este punto de la operación, si se trataba de una venta legal, entre la comisión de la casa de subastas y los impuestos se perdería la mitad de lo ganado.

Calculé que si salía todo a pedir de boca y no terminaba abatido a tiros, podía sacar en limpio a lo sumo 400.000 euros, lo mismo que Desmestre. No daba para vivir de rentas, pero pagaba una buena hipoteca. Y el colegio de la niña.

Un suave zumbido me arrancó del sueño en el que había caído después de hacer cábalas —nunca mejor dicho— sobre un dinero que con toda probabilidad nunca estaría en mis manos.

Por la oscuridad de la habitación deduje que me había regalado una larguísima siesta. Ya era de noche y el teléfono seguía emitiendo su zumbido. Desorientado, lo levanté y me acerqué el auricular al oído. La voz inexpresiva del recepcionista anunció:

—Disculpe que le moleste, pero hay una señora que pregunta por usted.

—Ahora mismo bajo —respondí saltando de la cama sin saber muy bien dónde me encontraba.

Me calcé los zapatos y pasé velozmente por el baño para refrescarme la cara. Acto seguido, salí de la habitación preguntándome quién diablos podía saber que yo estaba alojado en aquel hotel.

Cuando el ascensor llegó a la planta baja y se abrieron las puertas, me quedé sin aliento. No podía creer lo que estaba viendo. Como si de una alucinación se tratara, allí estaba la joven del retrato antiguo. La misma que me había fascinado en el taller del anticuario. Iba vestida exactamente como en la foto y me escrutaba con su mirada oscura y turbadora.

O aquella dama había atravesado cien años para encontrarme o se trataba de alguien asombrosamente idéntico.

Me acerqué a ella con la precaución de quien va al encuentro con un fantasma.

8

—Vamos, no te embobes, que tengo el coche mal aparcado —dijo ella con descaro.

El hecho de que una desconocida, aunque fuera un fantasma, me abordara con aquellos modos me hizo reaccionar.

—Mis padres me enseñaron que nunca debo subir al coche de extraños —repuse haciéndome el gracioso.

—Ja, ja —respondió con voz ronca cruzando los brazos—. Si me ponen una multa, le diré a mi padre que te lo descuente de tus servicios.

Lleno de estupefacción, entendí que se trataba de Elsa y que la cena de la que había hablado Desmestre era un hecho consumado. Mientras la seguía hasta el BMW descapotable, me pregunté por qué una chica tan ruda vestía como una dama decimonónica. Y seguía sin entender lo del retrato de época. Al acomodarme a su lado en el coche le pregunté quién era la mujer de la foto.

—Soy yo misma. Resulta evidente, ¿no? ¡Vaya investigador estás hecho!

Dicho esto, pisó el acelerador y empezó a adelantar coches de forma poco civilizada. Estaba claro que quería impresionarme. Tal vez sólo fuera una distracción local: asustar al americano tonto recién llegado a la ciudad.

—No soy investigador —dije tratando de mantener la compostura—, sino periodista. Pero ¿y esa foto? La imagen está muy lograda.

—Lo que yo decía: tienes que engrasar tu capacidad de deducción. ¿No te has fijado en que había una cámara muy vieja al lado?

—¡Ahora lo entiendo! Te retrataste con ella.

—Pues sí. Encontré esta ropa en un baúl de la tienda y me pareció divertido hacerme un retrato con ella. Fue difícil encontrar una película que sirviera, pero al final salió bastante bien, ¿verdad?

—Y te has puesto la misma ropa para darme un susto.

—Tampoco es para tanto, a no ser que seas muy asustadizo. ¿Lo eres?

—Creo que no.

—Pues agárrate fuerte.

Acto seguido, pisó el acelerador y salimos de la vía principal para entrar en una bocacalle que nos devolvía nuevamente al Call Jueu. Aunque las calles estaban desiertas aquel lunes por la noche, temí que en cualquier momento nos llevaríamos a alguien por delante.

—Haz el favor de comportarte —le rogué—, ya no tienes veinte años.

Aquel comentario pareció herirla, ya que puso la radio mientras desaceleraba con expresión de fastidio. Por las ondas sonaba una canción de la Velvet Underground: *Femme Fatale*.

Aproveché el silencio para estudiarla de reojo bajo la luz amarillenta que se derramaba sobre el coche. Tendría unos treinta y pocos años. Bajo aquella blusa recatada y la larga falda negra se adivinaba un cuerpo ágil y juvenil. La larga melena ondulada que le bajaba por los hombros le acababa de dar aquel aire clásico. Sin duda, formaba parte del atrezo. Entre sus ojos grandes y oscuros descendía una nariz griega, breve y recta; bajo ésta, sus labios carnosos expresaban todavía una mueca de disgusto.

—Lo he dicho sin intención de ofender —me disculpé—. Sólo trataba de que llegáramos al restaurante sin matar a nadie por el camino. Por cierto, ¿adónde me llevas?

En lugar de contestar a mi pregunta, Elsa detuvo el descapotable en una placita y salió del coche con desenvoltura, aunque estaba claro que allí estaba prohibido aparcar. Observé como sus botines, también de época, pisaban enérgicamente los adoquines.

Le Bistrot era un garito cálido y animado en el corazón del Barrio Judío. De hecho, se hallaba muy cerca de la tienda de antigüedades. Elsa estudiaba la carta con silencioso detenimiento, mientras yo contemplaba la clientela local: muchas parejas jóvenes y algún grupo de amigos que hacían correr el vino con alegría controlada.

Mi anfitriona detuvo al veloz camarero con su sola mirada. Con un tono mucho más suave del que había empleado conmigo, pidió un bistec ruso con salsa de foie y una cerveza. Yo me decanté por una pizza de payés acompañada de un vaso de sidra.

—Eres un raro —dijo obviando su propia vestimenta—. Son los efectos colaterales de no estar casado, supongo.

—¿Qué te lo hace pensar?

—Salta a la vista: no llevas anillo.

—Pues es como si lo estuviera —admití—. Y tengo además una hija de catorce años.

—Felicidades.

—¿Te has propuesto mofarte de mí toda la noche? —repliqué tratando de cambiar el tono de la conversación—. Además, no he venido aquí a hablar de mi vida.

—Lo sé. Has venido por la pasta. Yo sólo estoy adornando lo que en realidad es un sucio negocio. Eso si recuperas las cartas, claro.

—Si te soy sincero, no tengo ningún interés en recuperarlas. Así mismo se lo diré mañana a tu padre.

—Me juego lo que quieras a que te convence de lo contrario —dijo con un mohín de malicia en los labios.

—¿Dudas de lo que te digo? —le pregunté irritado.

—Digamos que no dudo de la capacidad de persuasión de mi padre. Necesita ese dinero. Es su oportunidad de cerrar la maldita tienda y volver a Israel con la vida resuelta. Por eso no te dejará marchar.

Mientras me explicaba esto, Elsa se desabrochó un par de botones de la blusa. Ahora su cuello blanco emergía orgulloso, mostrando un rostro bello y armónico a la luz de las velas. Entendí que debía ponerme a la defensiva:

—¿Forma parte esta cena de su... persuasión?

Su expresión sensual se volvió repentinamente dura. Sus ojos irradiaban indignación.

—¿Por quién me has tomado? —bramó.

A continuación liberó una carcajada que hizo callar a las mesas de nuestro alrededor. Empecé a sospechar que la tal Elsa estaba chiflada.

—Basta de tonterías —dije mientras empezaba a cortar la pizza, que tenía como base una gran rebanada de pan—. Háblame de esas cartas. ¿Llegaste a verlas?

—Por supuesto, yo misma las traduje.

—¿De verdad? —me sorprendí—. ¿Y conservas la traducción?

—Lo hice de viva voz para mi padre. No llegamos a transcribirlas porque enseguida llegaron las ofertas, y había que hacer llegar las cartas a la casa de subastas para garantizar el pago.

—Y justo entonces os vaciaron la tienda.

—Exacto. Fue un golpe de mala suerte.

—Aun así —dije animado por un segundo vaso de sidra—, fuiste afortunada al poder leerlas. ¿De qué hablaban?

—De todo ese embrollo del 2013. ¿No te lo explicó mi padre? Discutían sobre la fecha exacta del apocalipsis. Al parecer, Jung le cuestionaba a Caravida la exactitud del 2013, ya que el calendario maya dice que el fin del mundo es el 2012. Más exactamente, el 21 de diciembre de 2012.

—Vaya, eso sí que es hilar fino. En todo caso, me asombra que un científico como Jung diera crédito a una superstición así.

—Es algo más que una superstición —me reprendió Elsa, que de repente hablaba con gran autoridad—. Según lo que los mayas llamaban «Cuenta Larga», el mundo se extinguirá 144.000 días después de iniciar su ciclo. Y eso sucederá diez días antes del cálculo kabalístico de Caravida.

—Aunque tuviera razón alguno de los dos —especulé—, no estamos hablando de ciencia exacta. Con tantos miles de días, no es difícil que los mayas se hayan descontado un par de semanas.

—He leído un poco sobre el tema —declaró tras dejar los cubiertos sobre el medio bistec que se había dejado— y les salen las cuentas. Para los mayas, la era actual se inició el 13 de agosto del 3114 antes de Cristo. Si le sumamos esos 144.000 días, nos lleva exactamente a esa fecha: el 21 de diciembre de 2012. Ese día termina un ciclo y empieza otro. En medio, la destrucción.

Había dicho esto último con especial pasión, como si casi deseara que aquella profecía tuviera su cumplimiento. Sin duda, sentía atracción por lo trágico.

—Bueno, supongamos que esa Navidad el mundo empieza a desmoronarse —empecé jugando con la hipótesis—. Diez días me parece un tiempo razonable para consumar la destrucción del planeta y el fin de nuestra era. Por lo tanto, el cálculo de Caravida también sería correcto: en el 2013, todos al garete.

A Elsa pareció divertirle que un extranjero empleara aquella expresión coloquial, ya que por primera vez en toda la noche sonrió abiertamente. Luego alzó el vaso de cerveza y declaró:

—Todo lo bueno se acaba algún día. Es ley de vida. Brindo por el fin del mundo.

9

Salí de Le Bistrot con la mente algo turbia por la sidra. Aunque había dormido toda la tarde, el sueño volvía a envolverme como una mortaja. Estaba a punto de despedirme de Elsa en la placita donde había aparcado, cuando ella me tomó la mano con sus dedos largos y fríos.

—El mundo es viejo, pero la noche es joven —dijo seductora—. ¿No quieres tomar una copa? Conozco un café con vistas al río.

Estaba ensayando mentalmente la excusa que iba a darle, cuando de improviso Elsa se abalanzó sobre mí con todo su cuerpo; caí de espaldas y di con la nuca contra el pavimento. Un instante después sentí que el suelo temblaba bajo el paso de un vehículo de gran tonelaje. Había intentado embestirnos.

—Me has salvado la vida —declaré mientras me incorporaba con la nuca empapada de sangre.

Elsa estaba a mi lado de rodillas y temblaba perceptiblemente.

—Hemos tenido suerte —dijo con un hilo de voz.

Seguí caminando junto a ella con el sentimiento de irrealidad de quien ha estado a punto de pasar al otro lado. Mi acompañante, sin embargo, parecía haberse recuperado del susto asombrosamente bien, exceptuando una leve cojera producto de la caída.

Tras un par de minutos de reflexivo silencio, respondí:

—Tal vez sí, pero la suerte no se puede tentar. Este atropellamiento fallido significa que alguien no quiere que nos metamos en el asunto de las cartas. Para mí es aviso suficiente.

—No mezcles las cosas —repuso mientras volvíamos a entrar en el coche—. Lo que acaba de suceder, mejor dicho, lo que podría haber sucedido, no tiene nada que ver con las cartas.

Elsa pisó suavemente el acelerador mientras yo le contestaba:

—No lo veo así. Es más, podría tratarse perfectamente de la misma furgoneta que reventó el escaparate de tu padre. Los ladrones aún andan por aquí y querían librarse de nosotros.

—Eso sería demasiado arriesgado por su parte, ya que la policía los está buscando ahora mismo. Además, conozco al hombre que iba en esa furgoneta.

Al oír esto me quedé petrificado. Esperé en silencio que la propia Elsa se explicara:

—Hará unos seis meses que metieron a mi novio en la cárcel. Yo no tenía ni idea de que traficaba con drogas y no he querido saber nada más de él. Sin embargo, él no acepta que hayamos cortado. Ha enviado a un amigo suyo, el de la furgoneta, para que me vigile.

—Para que te mate, diría yo —añadí atónito—, y de paso a mí contigo. Menuda pieza te buscaste como novio.

—Eso lo he comprendido demasiado tarde. Voy a tener que largarme de la ciudad una buena temporada.

—Tal vez sea lo mejor. Por lo que a mí respecta, mañana mismo me despediré de tu padre y volveré a casa. Éste ha sido un mal inicio.

—Es una lástima —suspiró al detener el descapotable delante del hotel—. Empezabas a caerme simpático.

Me despedí de ella alzando la mano y salí del coche a paso tranquilo. Cuando estaba a punto de llegar a la puerta del hotel, dos bocinazos entrecortados hicieron que me volviera hacia ella. Era Elsa, que me gritó:

—¿Qué haces mañana?

—Te lo acabo de decir: me marcho.

—¡Eso ya lo veremos! —respondió antes de arrancar el motor y salir de estampida.

Excitado por lo que había sucedido, tras cerrar con llave mi habitación, me senté en la cama con un libro de leyendas y misterios de Gerona que había tomado en la recepción.

Para un profano como yo era sorprendente saber, por ejemplo, que en 1286 un ejército de moscas habían salido furiosas del cuerpo de san Narciso para picar mortalmente a los soldados franceses que lo estaban profanando.

Tras el milagro de las moscas, pasé velozmente por otros temas peregrinos hasta detenerme en el capítulo dedicado a *El libro del fin del mundo* que se guarda en la catedral. No pude evitar relacionarlo con los estudios de Jung y Caravida, quien sin duda debía de conocer aquella obra.

Leí que se trataba de un códex —un libro escrito y pintado a mano— con comentarios del Beato de Liébana sobre el Apocalipsis de san Juan. Al parecer estaba profusamente ilustrado con toda clase de monstruos aterradores, infiernos terribles y ciudades imaginarias.

De pequeño me habían aterrado aquellas estampas con hombres lanzados a las llamas, demonios heridos y ángeles trompetistas anunciando el juicio final. Sin duda, era un argumento intimidador para que niños crédulos como yo fueran obedientes.

Así había descrito san Juan el fin del mundo, fruto de una revelación. Otra cosa sería el aspecto que realmente tomaran las cosas si efectivamente en el 2013 había que asistir a la debacle final. ¿Cómo sería? Las películas catastrofistas habían mostrado desde hecatombes nucleares —el anunciado fuego de la condenación— a olas gigantes que se tragaban ciudades enteras, pasando por plagas y guerras hasta llegar a la devastación.

Tal vez, al fin y al cabo, la épica del fin del mundo no fuera muy diferente de la bíblica. Otra cosa era por qué un personaje como Jung se había interesado en conocer una fecha que no viviría, y por qué un millonario excéntrico estaba dispuesto a pagar un dineral por unas cartas que no pasaban de ser puras especulaciones.

Para acabar de animarme, leí al final del libro de misterios y leyendas el extracto de un relato de Joaquim Ruyra titulado justamente *El fin del mundo en Gerona*:

> Y mientras tanto, las calles de Gerona caían inevitablemente, como aquellas cartas curvadas que los niños ponen una tras otra y las hacen caer de un soplido. Todo se hundía con un sordo rumor: casas, torres, murallas... Al pie de nuestra escalinata ya sólo había un cúmulo de ruinas, por entre las cuales se derramaban en loca cascada las aguas del Ter y del Onyar. Todo crujía, todo se derrumbaba...

Cerré el libro con mal cuerpo. Luego me desnudé y me metí en la cama sin imaginar que antes de 48 horas también mi vida estaría en ruinas.

10

Pese a haber dormido casi doce horas entre la siesta y la noche, desperté como si me hubieran apaleado. Un hormigueo que me irradiaba verticalmente por la nuca me hizo revivir el incidente con la furgoneta del que había salido vivo de puro milagro.

Este recuerdo doloroso me acabó de convencer de que era el momento de dar por cerrada aquella absurda aventura. La cortesía mandaba que me despidiera de Alfred Desmestre, pero ya había decidido decirle que no podía ocuparme del caso porque me reclamaban asuntos familiares, lo cual por otro lado era cierto. Era algo frustrante volver con los bolsillos vacíos —entre autopista, gasolina y el restaurante, del pago inicial sólo quedaban cien euros—, pero siempre podía incrementar las clases de inglés que daba por la comarca a quince euros la hora.

Bajé al hall con el amargo convencimiento de haber fracasado a mis cuarenta y dos años. Tras dejar nuevamente el libro de leyendas en recepción, entré en un luminoso comedor donde unos cuantos hombres solos tomaban su desayuno. Supuse que eran comerciales llegados a Gerona para enseñar su aburrido catálogo de productos.

Eran las nueve de la mañana y deseaba regresar a casa cuanto antes.

Al llegar a la tienda del anticuario, vi con fastidio que había dejado en la puerta una nota para mí:

Señor Vidal: volveré a las 12.30.
Tenemos novedades.

Este mensaje, que dejaría indiferente a todo aquel que pasara por el portal, a mí me irritó sobremanera; por una parte, porque retrasaba mi partida al menos tres horas —eran las diez de la mañana—, por la otra, porque me enojaba que Desmestre se empeñara en hablar en plural, cuando yo en ningún momento había aceptado colaborar con él.

Bajé la calle de la Força dudando de si debía esperar a despedirme, o si lo mejor era recoger mi coche en el párking y dar media vuelta. La balanza ya se había inclinado por esta segunda opción cuando un cartel en el exterior de una tienda me llamó la atención.

LA CAJA DEL FIN DEL MUNDO
profesor J. M. de la Fuente
Librería 22, martes 10.30

Más allá de la sincronicidad —parecía que el fin del mundo me acechaba en cada esquina—, aquel título me parecía intrigante, así que decidí acercarme sólo para averiguar de qué se trataba.

Pregunté por la 22 y no resultó estar muy lejos. Sólo tuve que cruzar el río, el cual parecía llevar aún menos agua que el día anterior, y perderme por un par de calles comerciales hasta llegar a una amplia librería de diseño moderno.

En el escaparate había varios ejemplares de *La caja del fin del mundo*, un libro que se presentaba aquella mañana. La práctica totalidad de las sillas para la presentación estaban llenas de adolescentes que gritaban y se daban codazos, ante la mirada de reprobación de un par de profesoras con ojeras. Estaba claro que los habían llevado allí por la fuerza y no sería fácil mantenerlos quietos durante el acto.

Me disponía a dar media vuelta, cuando un hombre maduro de expresión jovial, al parecer el dueño de la 22, me indicó una silla libre en la primera fila. Tomé asiento sin estar muy convencido. Un minuto después el autor del libro hacía su aparición provocando un inesperado silencio.

De aquel hombre joven emanaba una sutil autoridad, incluso para un rebaño de adolescentes revolucionados por las hormonas. Su cabeza perfectamente rasurada y una camisa de algodón blanco le acababan de dar un aire entre místico y aristocrático. En cualquier caso, había algo en su postura corporal que transmitía que allí se iba a decir algo importante.

Tras saludar al dueño de la librería que me había acomodado, el profesor De la Fuente tocó dos veces el micrófono. Una vez comprobado que funcionaba, inició así su charla:

—Los que tenéis mi libro en la mano, tal vez

porque os lo han hecho leer en el instituto, veréis que se ha publicado en un sello de ficción para jóvenes. Y ése es el drama. Me gustaría que el contenido de *La caja del fin del mundo* fuera una ficción. Desgraciadamente, lo que cuenta no es una novela, sino realidad pura y dura, y nos precipitamos hacia ella a menos que seamos capaces de reaccionar en breve.

La presentación se cerró con un sonoro aplauso, tras el cual la mayoría de los estudiantes salieron a la calle en tromba. Tal vez por la perspectiva de la catástrofe inminente, varios de ellos encendieron cigarrillos ante las narices de sus profesoras. Es bien sabido que los vicios suelen experimentar un nuevo auge cada vez que se anuncia una hecatombe.

Un par de chicas aplicadas se habían quedado para que el autor les dedicara el libro. Me puse en pie y ya estaba a punto de salir cuando el profesor De la Fuente dijo:

—Le ruego que no se vaya.

Me detuve dudando de si me había hablado a mí. Al volverme hacia él, me miró y asintió suavemente con la cabeza.

Esperé a que terminara la firma preguntándome por qué debía esperar a alguien a quien no conocía, aunque fuera el autor del libro. Él mismo se encargó de aclararlo, ya que mientras me tendía la mano me dijo:

—Cuesta ver a un periodista en la presentación de un libro para jóvenes. Permítame que le invite a un café como muestra de agradecimiento.

Que aquel profesor estuviera enterado de que yo era periodista me puso inmediatamente en guardia.

—Al parecer, Desmestre ha publicado mi foto en algún boletín de la ciudad —dije escamado.

—¿Desmestre? —repitió él—. ¿Quién es? No sé de qué me habla.

—Pues ya somos dos, porque no sé quién le ha informado de que yo soy periodista —contraataqué.

—Nadie, era sólo una suposición. Las únicas personas como usted que suelen acudir a las presentaciones matinales son los periodistas. El resto se supone que están trabajando.

—Pues ha acertado —repuse ruborizado por mi falta de deducción, como ya había apuntado Elsa—. Le acepto ese café.

Antes de salir de la 22, De la Fuente compró un ensayo de Alan Weisman titulado *El mundo sin nosotros*. Luego me indicó con un leve movimiento de cabeza que le siguiera.

Entramos en un café acristalado en el mismo callejón de la librería. El profesor dejó caer el libro sobre la mesa y pidió al camarero una infusión de hierbas. Yo pedí un agua mineral.

—¿Y bien? —me preguntó—. ¿En qué medio saldrá la reseña?

De repente entendí lo que me había querido decir anteriormente: pensaba que yo era un periodista de cultura enviado a regañadientes por su diario. También entendí que aquella mañana yo estaba un poco lento de reflejos.

—Siento decepcionarle —expliqué—, pero que yo sea periodista es sólo casualidad. Nadie me ha mandado aquí. De hecho, apenas ejerzo mi profesión.

—Mejor así —sonrió afable mientras se servía la infusión—, porque podremos hablar sin ser políticamente correctos. Uno siempre se ve obligado a medir lo que dice delante de la prensa.

—Ha sido una presentación inquietante —confesé—. Y eso que me conozco el tergal: últimamente sólo oigo hablar del fin del mundo.

—Lógico. ¿De qué más se podría hablar?

No supe qué contestar. Ciertamente, estaba algo espeso desde que casi me había desnucado.

—Que esto se acaba es un hecho —prosiguió— y cualquier otro tema es secundario en comparación. ¿Está al corriente de las últimas previsiones?

Negué con la cabeza.

—Antes de que se le caiga el pelo, va a asistir a acontecimientos que jamás hubiera soñado presenciar.

—¿Como cuáles?

—Para empezar, las ciudades de la costa desaparecerán bajo las aguas con la subida del nivel del mar. Este país tan atractivo para los extranjeros pronto será un puro desierto donde será difícil sobrevivir. Vendrán plagas de dengue y malaria. Los que puedan escapar emigrarán al norte de Europa, que se habrá convertido en una región de clima idílico: el nuevo Mediterráneo.

Una llamada a su teléfono móvil detuvo temporalmente aquel catálogo de desgracias. Por lo que entendí de su conversación, lo reclamaba una radio que había acudido tarde al acto. El profesor De la Fuente —no había llegado a conocer su nombre de pila— se incorporó dándome un golpecito en el hombro a modo de disculpa.

—Y eso no es nada —concluyó—. Lo peor viene después: el día después de que se extinga la humanidad.

Sin entender a qué se acababa de referir, observé cómo cruzaba el café con andares tranquilos. Cuando casi había alcanzado la puerta, me di cuenta de que su libro se había quedado sobre la mesa y le llamé.

Desde la misma puerta respondió sin alzar la voz:

—Lo he comprado para usted.

11

Antes de la cita con el anticuario me entregué a un largo paseo por el Call, cuya austera belleza no dejaba de sorprenderme. Tuve tiempo incluso de hacer una rápida visita al Museo de Historia de los Judíos.

Había entrado con la esperanza de que las piedras antiguas disiparan el pesimismo que había instalado en mí la anterior conversación, pero el devenir del judaísmo en Gerona tampoco había sido precisamente una fiesta.

Al parecer, las primeras familias se habían instalado en el siglo IX alrededor de la catedral. Llegó a ser una comunidad próspera, con tres sinagogas en funcionamiento, que cobró fama por albergar kabalistas como Azriel de Gerona o Isaac el Ciego.

Su expulsión empezó a fraguarse en 1348, cuando los judíos fueron acusados de propagar la peste en la ciudad. En 1391 sufrieron numerosos ataques y algunos incluso tuvieron que refugiarse en una torre para salvar su vida. El final de la comunidad llegaría en 1492 con la orden dictada por los Reyes Católicos, según la cual debían elegir entre abjurar de su religión o el exilio. Aquel mismo año se vieron obligados a abandonar sus bienes, con lo que el Call quedó vacío.

El barrio entero fue subastado de inmediato. Los cristianos compraban casas e incluso calles enteras, que eran cerradas para disfrute de los nuevos propietarios. Desde un ventanal del museo se podía contemplar una de estas calles cerradas. Me pareció un lugar verdaderamente triste y sombrío.

Me detuve un momento delante de una vitrina donde se exhibía una mezuzá, la hendidura que se practicaba junto a las casas judías para contener un pergamino con versículos de la Biblia. Leí una traducción en una placa:

Escucha, Israel El Eterno es nuestro Dios, El Eterno es uno. Amarás a El Eterno, tu Dios, con todo tu corazón, con todas tus fuerzas y con toda tu alma. Y estarán las palabras estas que Yo te ordeno hoy sobre tu corazón. Y las enseñarás a tus hijos, y hablarás de ellas, cuando estés sentado en tu casa, y cuando andes por el camino, cuando te acuestes y cuando te levantes.

El tono imperativo de aquel mensaje hizo que saliera del museo con el ánimo todavía más tormentoso. Y la silueta desgarbada de Alfred Desmestre al final de la calle no invitaba precisamente a la calma.

—Tengo buenas noticias —dijo de entrada.

Tuve la certeza de que para mí se trataba justamente de lo contrario.

—Antes de seguir con todo esto, debo decirle...

—No diga nada y escuche lo que voy a contarle —me interrumpió impetuoso—. Hay indicios de que los bandidos que reventaron mi tienda siguen en la ciudad.

—¿Y eso hay que considerarlo buenas noticias? —salté recordando el intento de atropello de la noche anterior.

—Buenísimas, porque tal vez la cómoda y las cartas estén más cerca de lo que imaginamos.

—¿Cómo de cerca?

Me di cuenta de la estupidez de mi pregunta justo después de formularla, pero Desmestre seguía absorto en su entusiasmo. Respiró profundamente, elevando ligeramente los hombros, antes de declarar:

—La policía ha encontrado la furgoneta. Por las marcas del impacto frontal y los restos encontrados en su interior, es la misma. ¿No es sensacional?

—Depende de cómo se mire. ¿Hay alguna pista sobre el cargamento?

—Ninguna. La furgoneta se halló abandonada esta madrugada en un solar de la universidad. Eso es todo. Al parecer, podrían estar relacionados con la banda que saqueó la masía de Santa Creu, cerca de Santa Coloma de Farners. En el dosier que le dejó Elsa hay un artículo sobre estos tipos.

—Lo recuerdo, pero en la noticia se decía que habían sido arrestados.

—Y lo fueron, pero días después fueron puestos en libertad. Declararon que la masía estaba en ruinas y que no pensaban que los muebles fueran de valor, ya que sólo querían aprovechar la madera. Argumentaron que el hecho de haberse quedado tranquilamente a pasar la noche probaba que no eran ladrones, sino okupas y recicladores.

—Tal vez sea así —repuse—, pero una cosa es entrar en una casa abandonada y otra muy diferente, estrellar una furgoneta contra una tienda y robar en su interior. No deben de ser los mismos.

—Pues lo son —dijo Desmestre conteniendo su excitación—. Un amigo que tengo en comisaría me ha confirmado que se trata de la misma furgoneta. Debe de ser la única por estos lares con matrícula italiana.

—¿No puede ayudarle su amigo policía en esto? Tengo previsto irme hoy.

—Sería un error, señor Vidal, una oportunidad perdida. Sin duda, los bandidos han tenido que ocultar el botín cerca de aquí. Y quizás ni se hayan percatado del asunto de las cartas. Nos hallamos ante el mejor de los escenarios.

—¿Y dónde están los ladrones? Gerona no es tan grande para que uno pueda esconderse mucho tiempo. Lo más probable es que se hayan largado bien lejos —opiné—. Quizás estén volviendo a Italia.

—No digo que no, pero créame, la nariz me dice que lo mío sigue aquí. Puede incluso que lo hayan escondido en lugar seguro y esperen a que la policía baje la guardia para mover la mercancía.

No sé si sabe que bajo el Call hay un enorme laberinto de catacumbas, la mayoría desconocidas. Deberíamos empezar por ahí.

—Deje de hablar en plural, que no quiero meterme en esto —repliqué perdiendo la paciencia—. ¿Por qué no se ocupa usted? Si tan fácil le parece la recuperación, sería una lástima tener que dividir el pastón en dos.

—Tal vez no sea tan fácil, pero merece la pena intentarlo. Además, aquí me conoce todo el mundo. Usted puede cometer unas cuantas torpezas y le disculparán por el solo hecho de ser norteamericano.

—No es una descripción muy halagadora. En cualquier caso, le seré sincero: tengo que volver a casa sin más espera y no puedo hacer nada por usted. Ya se lo he dicho: no sabría por dónde empezar.

Dicho esto, le tendí la mano para despedirme de él y acabar de una vez con aquello. Desmestre no me ofreció la suya, como si aún se aferrara a una última posibilidad.

—Seguro que encontrará a alguien aquí que se ocupe de eso. Su propia hija tal vez. Parece bastante desocupada.

—No quiero ponerla en peligro, es todo lo que tengo.

Aquello era lo que me faltaba por oír. No había que poner a Elsa en peligro, pero el americano idiota sí tenía que jugarse el tipo para intentar resolverles la vida.

—Les deseo toda la suerte del mundo —dije a modo de despedida.

—Tal vez un adelanto, digamos mil euros, podría retenerle aquí —añadió como último resorte.

—Gracias, pero no.

Y me di la vuelta con mala conciencia, como si hubiera traicionado alguna causa noble, aunque estaba seguro de que aquél no era el caso. Mientras me encaminaba hacia el párking donde mi coche acumulaba horas de pago, no miré atrás ni una sola vez.

12

Tras pagar casi treinta euros en la caseta del vigilante, al llegar al Seat Ibiza me di cuenta de algo terrible: las llaves no estaban en el bolsillo de mi americana. Recordaba perfectamente haberlas dejado allí, pero lo cierto era que habían desaparecido.

A punto de sucumbir a un ataque de nervios, revisé varias veces todos los bolsillos de la americana y los pantalones, pero sin éxito. Finalmente no me pude contener y di una sonora patada a la carrocería del coche de pura frustración.

El vigilante me miró con extrañeza al verme salir a pie rampa arriba.

—Creo que me he dejado las llaves en el hotel

—le anuncié sin demasiada fe de que esa suposición fuera cierta.

Mientras me encaminaba bajo el sol del mediodía hacia el hotel Carlemany, me dije que las llaves podían estar en la mesita, aunque no recordaba haberlas dejado allí. Otra explicación era que se me hubieran caído del bolsillo, fruto del trompazo salvador al salir de Le Bistrot. De ser así, cabía la remota posibilidad de que hubieran sido recogidas por el personal del restaurante o por algún cliente.

Pronto supe que aquél no era mi día, ya que al llegar a la recepción del hotel me informaron de que no podía subir a la habitación, porque Desmestre ya había llamado para que no le cobraran aquella noche.

—Pero si no he hecho el check out —protesté ante una joven empleada con gafas gruesas.

—La persona que realizó la reserva ya se ha ocupado de ello. No había consumo en el mueble bar ni otro extra que usted deba abonar, puede estar tranquilo.

—¡Al infierno con el mueble bar! —grité perdiendo los estribos—. Lo que necesito es encontrar las llaves de mi coche. ¿Ya han limpiado la habitación?

La recepcionista miró el casillero de llaves y respondió:

—Y vuelve a estar ocupada.

—¿Puede usted preguntar al personal de limpieza si han encontrado unas llaves?

—Por supuesto, pero si hubieran encontrado algo, ya me lo habrían notificado.

Tras decir esto, marcó un número y esperó con cara de tedio a que le respondieran al otro lado. Luego colgó el teléfono y dijo:

—Venga dentro de una hora. Deben de estar comiendo.

Le di las gracias y me encaminé hacia Le Bistrot con la esperanza a ras de suelo. Ni siquiera tenía hambre. La perspectiva de regresar a casa en tren, con transbordo en Barcelona, para tomar las llaves de recambio y volver a Gerona a pagar más párking me sacaba de quicio. Al final, aquella misión descabellada me haría gastar el doble de lo ganado.

Pero a la salida del hotel me esperaba un elemento más de distorsión: distinguí el descapotable de Elsa aparcado en la puerta. Afortunadamente, ella no se encontraba al volante.

Temiendo que la hija de Desmestre estuviera preguntando por mí en el hotel, decidí alejarme de allí como alma que persigue el diablo. No obstante, antes de que acelerara el paso, una mano fría y suave me cubrió los ojos. Seguro de que Elsa se hallaba detrás de mí —podía oler incluso su perfume—, estaba a punto de apartarla de malos modos cuando el tintineo de unas llaves en mi oído derecho actuó como un bálsamo. El suave y tranquilizador sonido metálico fue acompañado de su voz ronca:

—Vengo a salvarte de ti mismo.

Acto seguido, retiró la mano y me ofreció con la otra las llaves del Ibiza. Me sentía tan aliviado que le habría dado un abrazo de no saber que era una mujer fatal, pese a que había acudido a mi rescate con jersey blanco, tejanos y bambas converse.

—¿Dónde las has encontrado?

—En mi coche. Eso se merece una comida de celebración, ¿no crees?

Con las llaves nuevamente en mi bolsillo, consulté la hora en mi móvil: eran casi las tres. Calculé que si salía de Gerona después de comer podía estar en casa a las seis. Tendría tiempo de preparar la cena para Ingrid y Aina, a las que contaría aquella extraña aventura que —al menos eso creía yo— estaba a punto de terminar.

—Vamos —acepté.

Elsa se mostró algo triste a lo largo de toda la comida, que tuvo lugar en un restaurante con vistas al río Onyar. Estaba abarrotado de oficinistas y dependientes que devoraban el menú del día.

—Me dijo tu padre que te has integrado poco en la ciudad —comenté mientras mezclaba con un tenedor una generosa ración de arroz a la cubana.

—Eso no es cierto. Me integro perfectamente en la ciudad, lo que no soporto es la gente.

—¿Qué tienes contra los de aquí?

—Nada especial. Me refiero a la gente en general. No la entiendo: pasan ocho horas trabajando en algo que no les gusta, vuelven a casa, cenan, duermen, vuelven a trabajar… y así hasta que revientan. ¿No es absurdo?

—Seguramente ellos pensarían lo mismo de tu vida si la conocieran. Por cierto, ¿de qué vives?

—De mi padre —respondió sin la menor vergüenza—, soy hija única.

—Eso no quiere decir que tengas que vivir a su costa.

—No tengo gastos. Vivo con él en casa y no salgo casi nunca. De hecho, exceptuando mi padre, eres la primera persona a la que veo dos días seguidos desde que metieron a mi novio en la cárcel. Por eso te quité las llaves.

Al oír esto se me quedó una bola de arroz con huevo y tomate atascada en la boca. Mastiqué escandalizado mientras pensaba cómo debía mandarla a paseo.

—Ya sé que no ha estado bien —explicó abriendo mucho los ojos— eso de birlarte las llaves mientras te llevaba al hotel, pero me siento muy sola, ¿sabes? Quería que te quedaras. Aunque apenas nos conocemos, siento que he encontrado un amigo. Los dos estamos solos en el mundo.

—Habla sólo por ti —dije tratando de contener la ira—. Si no fueras una pobre insensata, te haría una mascarilla ahora mismo con lo que queda de arroz.

—Puedes hacerlo —sonrió apoyando la barbilla entre las manos—. No pienso gritar. Ni te denunciaré por una agresión de género.

—Deja de decir tonterías. ¿Qué edad tienes?

Pese a que me había hecho pasar un mal rato, tuve que reconocer que aquella sonada me inspiraba ternura. Razón de más para irme cuanto antes.

—Treinta y tres. ¿Vas a crucificarme?

El segundo plato y el postre transcurrieron con

un interrogatorio por parte de ella sobre mi vida. Obvié todos los detalles referentes a mi pasada investigación en Montserrat y me centré más en mi pasado como periodista en California, además de insistir en mi vida feliz junto a Aina e Ingrid.

—Tiene que ser bonito eso de tener familia —suspiró en tono de burla mientras jugueteaba con un mechón de su pelo—. Yo tengo a mi madre en Israel viviendo en un kibutz y al muermo de mi padre aquí. No es para volverse loco de alegría que digamos. También tengo un gato, *García*, que no hace más que dormir.

—¿*García*? Es un nombre algo inusual para un gato.

—Se lo puse porque teníamos un vecino que se llamaba así y tenía la misma cara.

—Entiendo —dije por decir algo mientras me levantaba para pagar la cuenta.

Salimos del restaurante bajo un cielo desapacible que amenazaba con nuevas tormentas. Elsa tiró de mi manga para que cruzáramos un puente sobre el río.

—Me temo que vamos en dirección contraria al coche —comenté molesto.

—Sólo lo parece. En realidad, todos los caminos llevan al párking. ¿Te has fijado en el nombre?

—No.

—Roma. Párking Roma. ¿No es gracioso?

Emití un gruñido como toda respuesta. Volvíamos a estar en la calle Ballesteries, donde ya había pasado por la mañana. Cuando me detuve en seco, Elsa entendió que había tensado demasiado la cuerda, ya que dijo con tono suave:

—No te enfades, sólo quiero mostrarte algo antes de que te marches. Es una tradición de Gerona.

Caminamos cinco minutos más hasta llegar a una plazoleta solitaria. Allí Elsa me señaló una modesta columna en la que había encaramada una pequeña bestia de piedra.

—¿Qué es? —pregunté deseoso de marcharme de una vez.

—La leona —repuso divertida—. ¿No sabes el dicho? «Si quieres volver a Gerona, un beso tienes que dar en el culo de la leona.»

Miré con estupefacción la estatua sin saber qué hacer. Elsa exclamó:

—¡Vamos! ¿A qué esperas?

Ciertamente no tenía la menor intención de volver a Gerona, donde llevaba un día y medio dando vueltas sin sentido. Sin embargo, sabía que mi anfitriona no me soltaría hasta que cumpliera con el ritual.

—Hazlo por mí —insistió conteniendo la risa.

—Esto es ridículo —protesté mientras me encaramaba al pedestal de la columna y rozaba con los labios el trasero de piedra.

Elsa aplaudió mi acción y dijo:

—Ahora seguro que vuelves.

13

Después de una hora atravesando una cortina de lluvia constante, ante el parabrisas emergieron los picos de Montserrat. Bajo aquel temporal todavía parecía un lugar más dramático e imposible, cohetes de piedra que evocaban un mundo misterioso anterior a la llegada de la humanidad.

Mientras tomaba una carretera secundaria para entrar en nuestra urbanización, vi en el reloj del coche que eran las seis y cuarto. Tendría tiempo de darme un baño caliente antes de ir al pequeño supermercado que abastecía aquellas casas al pie del macizo.

La noche anterior no había conseguido hablar

con Aina, que estaba en una cena de empresa, pero le había dejado un mensaje diciendo que me ocuparía personalmente de la cena.

Proyecté mentalmente el menú a la vez que despegaba suavemente el pie del acelerador hasta detener el Ibiza detrás de casa. Acto seguido, salí del coche y me pegué a la pared para evitar la tromba de agua que se cernía sobre nosotros, extrañamente virulenta para mediados de junio.

Introduje la llave en la cerradura muerto de cansancio. Nada más abrir la puerta, me di cuenta de que algo marchaba mal. Más allá del olor a colillas mojadas —clásico de mi hija, que me ocultaba su adicción al tabaco—, intuí que en aquel espacio había sucedido algo grave en mi ausencia.

Al encender la luz me di cuenta, alarmado, de que mi intuición era certera. En el suelo había restos de una tetera rota y una docena de libros caídos, como si se hubiera producido un forcejeo junto a la estantería. Una gran mancha en la pared, probablemente de té, completaba el panorama después de la batalla.

Con el corazón a punto de estallar empecé a llamar a Ingrid y Aina. Pero nadie respondió. Empapado de un sudor frío, subí las escaleras de tres en tres hasta la habitación de mi hija, que estaba extrañamente ordenada. Eso no me tranquilizó lo más mínimo, ya que seguía sin entender qué había sucedido en la casa.

Me precipité nuevamente hacia el salón. En la mesa había un folio manuscrito que había pasado por alto en mi primera valoración de la catástrofe. Vi enseguida que era la letra de Aina:

Querido Leo,

Siento mucho tener que escribirte esto, porque sé que eres una persona cargada de buenas intenciones, pero eso no basta para vivir en pareja, y menos aún para educar a una hija.

Has criado a Ingrid con mucho cariño, pero no le has enseñado nada de lo que necesita para transitar por el mundo: esfuerzo, respeto por los demás y por sí misma, prudencia. Ha tomado sólo lo peor de ti, va por la vida dando tumbos hasta que se estrelle definitivamente.

Ayer tuve que enfrentarme a ella porque pretendía pasar la noche fuera sí o sí. Como le llevé la contraria, reaccionó con una lluvia de objetos sobre mí y no he salido herida de milagro.

Leo: no tengo por qué aguantar esta mierda. In-

grid no es mi hija y no tengo la culpa de que seas un irresponsable. Nunca estás en los momentos importantes. Por lo tanto, dejo esta casa para siempre y a ti con ella. Espero que os vaya bien.

Te pido, por favor, que no me llames ni me busques. Mi decisión es en firme. Me voy con la tranquilidad de saber que lo he intentado. Espero que algún día encuentres tu grial. Desde luego que Ingrid y tú nos sois el mío.

Un beso de despedida,

AINA

Al terminar de leer la carta sentí que me faltaba el aire y tuve que correr a abrir los ventanales. El panorama que tanto me gustaba contemplar al atardecer de repente se había convertido en el paisaje más triste del mundo.

Tras telefonear innumerables veces a Ingrid sin respuesta y hacer una sola tentativa con Aina, que me había colgado directamente, me desplomé sobre el sofá. Permanecí allí por un tiempo indeterminado como un muerto viviente. Me encontraba en estado de shock. En menos de 48 horas todo mi mundo se había desmoronado. Y lo peor de todo era que no se me ocurría cómo salir del hoyo.

Cuando las escenas de mi vida reciente junto a Aina empezaban a agolparse en mi cabeza dolorosamente, de repente recordé el libro que me había regalado el profesor De la Fuente. Dado que la cosa iba de desgracias planetarias, tal vez para el 2013, pensé que ampliando la mirada trágica me olvidaría de mi pequeña y miserable vida.

Saqué el libro de mi bolsa de cuero y me serví un copazo de vino antes de tenderme nuevamente en el sofá con *El mundo sin nosotros*, de Alan Weisman, un ensayo especulativo sobre lo que sucederá el día que el último ser humano desaparezca de la Tierra.

Siempre había pensado que nuestra desaparición sería lo mejor que podría pasarle al planeta, pero Weisman negaba incluso esa buena noticia: lo peor de nuestro legado llegará cuando nos hayamos marchado dando un portazo.

Justo después del índice encontré un trozo de periódico doblado en cuatro. Era una reseña sobre la obra que De la Fuente debía de haber guardado para pedirla en la librería. La firmaba el filósofo Rafael Argullol. Antes de decidir si me entregaba a la carrera de fondo que es la lectura de un libro, leí detenidamente el artículo para saber por qué es tan malo que las personas dejen de parasitar la Tierra:

> Según Weisman, sin el cuidado y mantenimiento humanos, el programa del gran caos está cantado. Así, por ejemplo, a los dos días de la extinción de los seres humanos, los metros de las ciudades se inundarían por falta de bombeo, o al menos esto, se augura, sucedería en el de Nueva York. A los siete días ya empezarían los problemas en los sistemas de refrigeración de las centrales nucleares. Un año después, éstas estarían provocando explosiones e incendios en todo el planeta. A los tres años se hundirían muchas carreteras e infraestructuras y a los veinte años el canal de Panamá quedaría de nuevo cerrado. Los puentes de hierro más resistentes tardarían 300 años en caer. A los 500 años las ciudades se asemejarían a selvas llenas de pequeños depredadores.

Abrumado, dejé a un lado el artículo para mirar una tabla tras la cubierta del libro. Era un calendario aproximado de lo que le espera al mundo sin nosotros.

Al parecer, dentro de unos miles de años, si hay algún edificio en pie, se convertirá en un inmenso bloque de hielo. El suelo tardará 35.000 años en quedar limpio del plomo depositado durante la industrialización, y serán necesarios cientos de miles de años para que aparezcan microbios capaces de degradar el plástico. Un tiempo parecido tardará la atmósfera en recuperar los niveles de CO_2 previos a la aparición del ser humano.

Dentro de diez millones de años, sólo las esculturas de bronce serán aún reconocibles y darán testimonio de nuestro paso por el mundo. Y la vida seguirá en formas inimaginables para nosotros hasta cuando, en cinco mil millones de años, el sol se convierta en una gigante roja y engulla los planetas más cercanos, como la Tierra.

Después de eso, lo único que quedará de la humanidad serán nuestras emisiones de radio y televisión, que seguirán viajando durante la eternidad por los confines del Universo.

«Menudo legado», me dije mientras cerraba los ojos imaginando qué pensarán de nosotros las inteligencias que reciban todo eso.

14

Debían de ser las tres de la madrugada cuando, entre sueños, oí que se abría la puerta de casa. En circunstancias normales habría saltado del sofá y me habría puesto en guardia, pero entre el vino y la lectura apocalíptica mi mente aún vagaba por el limbo posthumano.

Mientras soñaba con grandes explosiones y ciudades en ruinas donde volvía a imperar la ley de la selva, oí una motocicleta que se alejaba en el exterior y unos pasos inseguros dentro de casa. Al notar una mano cálida sobre la mía, abrí los ojos mientras buscaba a tientas el interruptor de la lámpara de lectura.

Al hacerse la luz me alegré y asusté a partes iguales: era Ingrid, que volvía de su juerga nocturna con un moratón en el ojo y las medias agujereadas. La miré sobrecogido como si la viera por primera vez. Tal como me había echado en cara Aina, aquella niña angelical se había convertido en una extraterrestre para mí.

Antes de que yo lograra decir nada, Ingrid se echó en mis brazos y sollozó:

—Papá, te he fallado.

Aunque apestaba a alcohol, mientras lloraba sobre mi hombro me pareció la criatura más desvalida del mundo. Me recriminé no haber hecho lo suficiente para protegerla. No sabía cuidar de sí misma: en eso había salido al padre.

Permanecimos un buen rato en un silencio que todo lo explicaba, pues no necesitaba relatos proféticos para entender que estábamos solos en el mundo y nadie vendría a salvarnos.

Por la mañana preparé un desayuno americano completo, con salchichas, patatas y huevos, para nuestro gabinete de crisis familiar. Con la reconciliación no bastaba. Quedaba lo más importante: saber qué diablos haríamos a partir de ahora.

Contraviniendo su hábito de marmota, Ingrid bajó los escalones bastante adecentada cuando ya estaba a punto de llamarla. Olió con expresión huraña la comida y se sirvió un zumo de pomelo del tetrabrick. Luego se sentó y emitió un ruidoso suspiro. Significaba algo así como: «A ver qué sermón me suelta éste».

—Antes de que me cuentes lo que has hecho los últimos dos días, quiero saber quién te ha atizado de esa manera —dije en referencia al moratón en el ojo.

—Una amiga que no conoces.

—Yo no llamaría amiga a quien te arrea un puñetazo como ése.

—No me dio ningún puñetazo: estábamos bailando ska y dio un giro sin darse cuenta de que yo estaba detrás. Me metió todo el codo en el ojo. ¡Estuve a punto de desmayarme!

Aquella versión del accidente me pareció tan estúpida que pensé que sólo podía ser cierta, así que pasé al segundo punto del interrogatorio.

—¿Y esos agujeros en las medias? Ayer oí una moto dando vueltas por aquí. ¿Estaba tan borracho el piloto que os fuisteis al suelo o qué pasó?

—Papá, no entiendes nada. Cuando terminó la

fiesta, mi amiga pidió a su hermano que me acompañara a casa. Es un mormón estricto que no ha bebido una cerveza en su vida.

—Pero esos agujeros…

—¡Qué poco sabes de modas! Te informo de que esas medias las venden así: pertenecen a una colección que conmemora el nacimiento del punk y cuestan una pasta. No son agujeros cualquiera.

—Ah, ¿no?

—Son los mismos que llevaba Siouxie en las medias durante un concierto en 1977. Se inspiran en una foto histórica.

—Es una pena que lo único que te interese de la historia sean los agujeros de una cantante de punk. ¿Te has parado a pensar qué quieres hacer con tu vida?

Mientras Ingrid meditaba la respuesta, si es que tenía la intención de dar alguna, pinchó con el tenedor una patata y la alzó para contemplar cómo humeaba.

Volví a la carga:

—Eso es algo que más pronto que tarde vas a tener que plantearte, por tu único bien. No sé si eres consciente, pero yo no estaré toda la vida aquí para sacarte las castañas del fuego.

—Ah, ¿no? —preguntó con fingida ingenuidad.

—La biología manda. Si todo sigue su debido curso, yo me iré antes que tú. Valdría la pena que para entonces hubieras decidido por dónde tirar.

—Eso me parece razonable. Pero yo no quiero que te mueras, papá.

—Ni yo tampoco, nena, pero es lo que hay. Tú lo dijiste por teléfono: fíjate si es mala la vida que te acaba matando.

—¿Yo dije eso? —repuso sorprendida—. En todo caso, es feo hablar de la muerte una mañana soleada como ésta. Como decía aquel amigo tuyo que practicaba el zen, ¡hay que vivir el momento!

Bebí un largo sorbo de té mientras pensaba qué responder a eso. Me parecía un ejercicio de cinismo que justamente quien había dinamitado mi relación con la persona que amaba me invitara a disfrutar del aquí y ahora.

—Por cierto, tengo una buena noticia para ti —dijo Ingrid—. Hace días que te lo quiero contar.

Al oír eso me eché a temblar. Las últimas buenas noticias habían llegado teñidas de tintes siniestros.

—No tendrás que preocuparte por mí estas vacaciones. Tía Jenny me ha mandado un billete electrónico de avión para Boston. Dice que me dará incluso algo de dinero de bolsillo si la ayudo a limpiar su jardín.

Me sorprendió que la única hermana de mi madre, la tía abuela de Ingrid, tuviera dinero para costearle el vuelo. Solía invitarla cuando vivíamos en Santa Monica, pero era una viuda que llevaba una vida bastante austera. Tal como sospechaba, faltaba algo por saber:

—Dice que el billete de vuelta lo pagues tú —prosiguió Ingrid—. Sólo ha mandado la ida.

—Así lo haré —repuse sin saber de dónde sacaría el dinero—. Me parece una buena idea que pases el verano con ella. Igual cuidando de tía Jenny aprendes a ser más responsable.

—¿Más aún?

Como no tenía contrapunto para esa pregunta, la obvié y pasamos a los detalles prácticos.

—¿Y cuándo sale el vuelo?

—Mañana.

15

Me había quedado solo. De regreso del aeropuerto, al entrar de nuevo en casa me di cuenta de que aquello se había convertido en un cascarón vacío de personas e ilusiones.

Había dejado a Ingrid con la promesa de reunirme con ella en agosto para volver juntos a Barcelona, si es que aún tenía sentido para nosotros vivir fuera de los Estados Unidos. Lo que yo podía ganar aquí no bastaba ni en sueños para costear la única escuela donde la tendrían bajo cierto control. De hecho, ni siquiera sabía cómo pagaría su factura del móvil, que pese a mis continuos avisos seguía sin bajar de los 150 euros al mes.

Revisando mil problemas menores como éste

—juntos formaban una enorme bola de nieve que amenazaba con sepultarme—, intentaba no pensar en la gran herida que se había abierto en mi vida desde la marcha de Aina. Durante el trayecto en coche, Ingrid había intentado disculparse de su actitud; me había mostrado incluso un correo electrónico donde le pedía perdón a su manera.

—Si te quiere de verdad, volverá —me había dicho para calmar sus remordimientos al despedirnos junto a la puerta de embarque.

Sentado ahora a la mesa del salón, me sentía tan confuso que no me había dado cuenta de que el contestador del teléfono fijo parpadeaba desde mi llegada. Lo que contenía aquella grabadora digital acabaría dando tal vuelta de tuerca a mi situación que, en comparación, todo lo que había vivido hasta entonces serían problemas de índole menor.

Aprovechando que no soplaba viento y que la temperatura era suave, a media tarde salí a pasear mis penas. Llevaba media hora dando vueltas entre arboledas y chalets en construcción, cuando recibí la primera llamada de Aina desde hacía tres días. Al ver su nombre en el monitor del móvil, respiré profundamente para frenar las pulsaciones que martilleaban implacables mi pecho. Al llevarme el auricular al oído noté que me temblaba ligeramente la mano.

—¿Leo?

—Estoy aquí —dije simulando aplomo.

—Ya lo oigo. ¿Cómo estás?

—Ni te cuento. ¿Y tú? ¿Desde dónde me hablas? Suena como si estuvieras aquí mismo.

—Pues estoy algo lejos: en Valencia, si te interesa saberlo. Necesitaba estar apartada de todo unos días.

—Lo entiendo —repuse animado por el tono distendido que estaba tomando la conversación—. Han sido unos días terribles, y yo no estuve a tu lado como debería.

—Eso ahora no importa.

—Sí que importa. Siento que no he estado a la altura, pero pienso hacerlo mejor a partir de ahora.

—Tú siempre quieres hacerlo bien, el problema es que nunca lo consigues —repuso cortante—. ¿Cómo está Ingrid?

Aquella pregunta me dio un poco de esperanza. Si se interesaba por la salvaje que casi la había agredido, aún se podía salvar lo nuestro.

—Está camino de Boston. Vivirá dos meses allí con su tía abuela. Será bueno para ella, porque tendrá que cuidar de una persona a la que quiere mucho. Seguro que vuelve más madura, ya verás. A estas edades dos meses suponen una eternidad.

—También puede volver peor de lo que está. Dudo que una mujer de 75 años con artritis crónica vigile mucho sus entradas y salidas.

—Vamos a darle una oportunidad. También tú y yo nos la merecemos, ¿no crees? Ahora que Ingrid estará con la familia, si vienes a casa podemos volverlo a intentar. Intentarlo en serio, quiero decir.

Al otro lado se hizo un silencio sepulcral.

—¿Me has oído, Aina? ¿Estás ahí?

—Lo estoy —respondió con voz inexpresiva.

—¿Y qué me dices?

La voz le tembló ligeramente antes de decir:

—No voy a volver.

Noté con gran congoja como Aina tomaba aire antes de proseguir, ya más serena:

—Al menos por ahora. Necesito estar lejos de ti una temporada. Más adelante ya veremos: tal vez encontremos una ocasión mejor para intentarlo de nuevo.

—No te entiendo. Al fin y al cabo, aparte de las barrabasadas de Ingrid, no ha sucedido nada grave que impida que nosotros...

—Eso es lo que tú te crees —me interrumpió nerviosa.

Mientras Aina contenía un sollozo, me pregunté qué podía haber pasado que impidiera la reconciliación. Como sucede en estos casos, la respuesta era tan obvia que me había pasado por alto.

—¿Tienes a alguien? —pregunté alarmado.

De repente recordé que Aina se había visto últimamente con su novio de juventud, quien le hacía de paño de lágrimas porque continuaba enamorado de ella.

—¿Es...?

—Sí —dijo con un hilo de voz antes de cortar la comunicación.

Estuve hasta el anochecer tumbado en un trozo de prado, viendo cómo el resplandor uniforme del cielo se extinguía para dar paso a las primeras estrellas. Mientras sentía el vértigo de tener el firmamento debajo de mí —ésa era la sensación que siempre experimentaba cuando dormía al raso—, me dije que Aina había preferido la seguridad del pasado, un hombre previsible con el que fundar una familia normal, a un pobre diablo como yo sin oficio ni beneficio y con una hija dispuesta a boicotear cualquier amago de felicidad.

Podía entenderlo, pero no por ello me sentía menos decepcionado. Mientras observaba el curso de una débil y lejana estrella fugaz, me prometí mantenerme alejado de cualquier romance como mínimo un año. Si quería salvar lo que quedaba de mi mundo, en especial a Ingrid, tendría que hacer vida monástica y volcarme en sacar dinero de donde fuera para asegurar su futuro.

Esta resolución con el cosmos como testigo me infundió ánimos para ponerme en pie y emprender el camino de vuelta a casa. Me sentía extrañamente sereno, aunque podía ser sólo un espejismo después del golpe, con la depresión a la vuelta de la esquina.

Al regresar a la casa ya del todo deshabitada, percibí la luz roja del contestador parpadeando como un faro en la oscuridad.

Cerré la puerta tras de mí y me aproximé a la cajita digital con más recelo que esperanza. Pulsé la reproducción de mensajes. Del microaltavoz surgió una voz conocida, pero su tono era de una tristeza sobrecogedora:

Han matado a mi padre. Leo, tienes que venir. Ha dejado un sobre para ti, con mucho dinero y...

En este punto, la voz ronca de Elsa se había afinado hasta convertirse en un sollozo antes de interrumpirse el mensaje.

Oí aturdido el pitido final del contestador con la impresión de que cerraba una etapa y daba inicio a otra tan imprevisible como tenebrosa.

16

Mientras surcaba de noche la carretera desierta me dije que, visto el grado de catástrofe, si me mataban, casi podía dar las gracias por ello. Me había decidido a salir aquella misma noche porque necesitaba dinero desesperadamente. Si era cierto que había algo que ganar en la última voluntad de Desmestre, prefería arriesgarme a pudrirme solo en una casa donde ya no pintaba nada.

Entré en Gerona a la una de la madrugada como un forajido. Saber que Ingrid ya debía de estar a salvo en Boston y el desierto en el que se había convertido mi vida me daban fuerzas para avanzar sin miedo hacia lo desconocido. Al menos mientras me mantuviera en movimiento tendría la sensación de que iba a alguna parte. Aunque fuera de cabeza al infierno, prefería un infierno nuevo al que dejaba atrás.

Gracias a la hora intempestiva pude aparcar el coche en la calle, tras lo cual me encaminé hacia la tienda del anticuario. Me había parecido entender que su vivienda estaba en el piso superior. Si Elsa no me esperaba allí, estaría velando a su padre en las pompas fúnebres, a no ser que la policía estuviera haciendo la autopsia al muerto, que era lo precedente en caso de asesinato.

Mientras pensaba en todo esto, con el eco de mis pasos de fondo en las calles vacías, me dije que empezaba a razonar como un buscavidas, y tal vez fuera lo mejor en mi situación. Sólo esperaba que la policía no me relacionara con el difunto antes de poder hablar con la hija acerca del sobre.

Me sorprendí llegando a la calle de la Força sin perderme una sola vez. Al parecer, en mi inconsciente había quedado la huella de mis paseos por Gerona.

Al pulsar brevemente el timbre del primer piso —justo encima de la tienda—, recordé que

Elsa me había hecho besar el trasero de la leona. Ciertamente había regresado a Gerona, como auguraba el ritual, sólo que no pensaba que eso sucediera en unas circunstancias tan funestas.

—Sube —susurró Elsa en el interfono antes de que la puerta se abriera con un zumbido.

Dudé un instante antes de empujar la puerta y pasar al interior de una escalera estrecha y oscura. Una bombilla desnuda de cuarenta vatios daba al edificio una atmósfera lóbrega que no se adivinaba por la nobleza de la fachada.

Al subir los escalones de piedra gastada tuve la certeza de que estaba a punto de meterme en un lío sin salida, pero eso no me frenó.

Cuando llegué al piso, no dudé en golpear suavemente la madera para anunciar mi llegada. La puerta se abrió de inmediato y distinguí la sombra de Elsa, que me indicó que la siguiera hasta el interior en penumbra.

—¿Dónde está el cuerpo? —le pregunté en un susurro.

—Lo tiene el forense —dijo tirando de mí hasta un salón de techos altos sin ninguna iluminación.

Pese a que por la ventana apenas llegaba la luz mortecina de una farola, pude ver que Elsa llevaba un vaporoso vestido negro y se había recogido el pelo en una trenza. Debían de gustarle los atuendos de época, pensé, efectos colaterales de ser hija —ahora huérfana— de un anticuario.

—¿Por qué no enciendes la luz?

—No quiero que los vecinos piensen que monto una fiesta. Si ven actividad pueden imaginar cualquier cosa: aquí todo el mundo me conoce.

Aunque ya tenía asumido que Elsa era una excéntrica, la templanza de su tono de voz me decía que allí había gato encerrado, y no sólo el ejemplar de persa que dormitaba en el sofá en el que acababa de sentarme.

—¿Es *García*? —pregunté para disimular mi inquietud.

Sin que ella dijera nada, el animal respondió con un breve maullido al oír pronunciar su nombre.

Elsa acarició su cabeza con las yemas de los dedos antes de ocupar una mecedora que crujió levemente bajo su peso. A medida que me acostumbraba a la penumbra pude leer una leve sonrisa en sus labios, lo que me puso todavía más en guardia. Algo estaba pasando allí que se me escapaba.

Al parecer, mi anfitriona disfrutaba con esta inquietud, ya que empezó a mecerse suavemente mientras cruzaba las piernas, lo que dejó al descubierto la silueta de una rodilla muy bien formada. No había que ser ningún lince para adivinar que aquella atractiva mujer era sólo un anzuelo en una trama más opaca de lo que parecía.

—Te veo muy relajada en esta mecedora —dije—. Yo no estaría así si se acabaran de cargar a mi padre.

—Eso nunca lo sabes. Los momentos límite son altamente reveladores: hacen que aflore la esencia de cada persona.

—¿Y estamos ahora en uno de estos momentos?

—Puede que sí, puede que no. A menudo sólo los identificamos a posteriori.

—Así somos los humanos —añadí con frialdad—, pero no quiero pensar que he venido hasta aquí en plena noche para filosofar contigo. Cuéntame lo que ha pasado.

—Al final encontró la maldita cómoda —explicó Elsa mientras dejaba caer al suelo el zapato derecho.

—En mi última conversación con él, habló de unas catacumbas que hay bajo este barrio. ¿Estaba allí?

—No, aunque hubiera sido más romántico. ¿Sabes? Bajo la judería hay un mundo misterioso lleno de pasadizos y criptas. Y sólo se conoce una parte muy pequeña. En el convento de Sant Domènec, por ejemplo, hay una antigua cisterna con una escalera que lleva circularmente hasta el fondo. Desde abajo ves que el techo está formado por lápidas funerarias. Tienes la impresión de vivir en un mundo al revés, de caminar bajo los muertos. ¿No es tremendo?

Mientras decía esto, se ayudó con el pie descalzo para quitarse el otro zapato. Luego apoyó los pies sobre mis rodillas.

Sin hacer ningún comentario, me desplacé lateralmente dejando sus pies sobre el sofá. Elsa parecía divertida con aquella situación. Debía de sentirse orgullosa de sus largas piernas de bailarina, que flexionaba ligeramente para que las admirara.

—Así pues, ¿dónde estaba la cómoda? —pregunté en un tono forzadamente neutro.

—Mucho más cerca de lo que pensábamos: en una calle cerrada del Call. Al parecer, tras el robo los ladrones descargaron algunos muebles allí. Habían conseguido la llave de la verja de acceso, que nadie abría hacía años.

—Parece muy arriesgado dejar lo robado tan cerca del lugar del golpe.

—No tanto: es el último lugar donde miraría la policía. Lo que está cerca a menudo nos resulta invisible.

—Pero tu padre encontró el lugar —dije con escepticismo—. ¿Cómo lo descubrió si la calle estaba cerrada?

—Fue avisado por un vecino que había visto desde una ventana trasera cómo metían los muebles —explicó replegando las piernas sobre la mecedora.

—Y al ir a recuperar lo suyo, lo mataron.

—Exacto. ¿Vendrás al funeral?

—Espero no ir al mío. Sabes perfectamente que no me creo ni media palabra de esta historia.

Tras decir esto, se encendieron las luces. Alfred Desmestre ocupaba triunfalmente el centro de la sala con su americana de pana con coderas y el pelo negro engominado, como si acudiera a una recepción de poca monta. Y de algún modo era así.

—Menos mal —declaró con voz cantarina—. Empezaba a dudar de que fuera usted el hombre adecuado.

17

Me hallaba en aquella sala vetusta, acompañado de Desmestre y su hija, con la impresión de haber sido víctima de una humillante tomadura de pelo.

—Le ruego que nos disculpe por esta pequeña escenificación —dijo el anticuario mientras apartaba al gato para sentarse a mi lado—. Yo era partidario de exponer las cosas tal como son, pero Elsa me decía que eso no bastaría para hacerle venir. Por eso jugó la carta de la huerfanita asustada, pero lo del dinero va en serio.

García había saltado ahora sobre el regazo de su ama, que se mecía relajada mientras peinaba la cola del animal con un movimiento que podría tomarse por obsceno.

—Pues no sabe cómo lamento haber picado —repliqué furioso.

—No lo lamente todavía —explicó Desmestre mientras sacaba una botella de licor de un bufet y dos copas—, porque cuando sepa lo que tenemos, va a celebrar haberme conocido. Incluso perdonará a Elsa por su travesura.

La hija del anticuario me dedicó una sonrisa mientras él me entregaba una copa y la llenaba con buen pulso.

—Es vino kosher. Vamos a brindar para que este negocio tenga un final feliz. Empezó algo flojo, pero ahora estamos sobre la pista.

—Brindemos por cualquier otra cosa, porque no pienso participar —me opuse—. Ya se lo advertí. Nada ha cambiado.

Desmestre aproximó su cara a la mía elevando las cejas mientras declaraba:

—*Todo* ha cambiado. Por eso le he hecho venir hasta aquí.

—¿Ha encontrado la cómoda modernista? —pregunté mientras sofocaba mi desesperación en un trago de vino.

—Sí —respondió eufórico.

—¿En la calle cerrada?

—Por raro que parezca, la abandonaron allí. Yo creo que la verja simplemente estaba rota y se deshicieron del mueble antes de meterse en más problemas. Puedo llevarle en persona si quiere ver dónde estaba.

—No tengo ningún interés —afirmé dando un nuevo sorbo al vino, que era denso y algo empalagoso—. Por cierto, ¿encontró las cartas en su interior?

—Desgraciadamente no. Y afortunadamente para usted, porque en ese caso se habría quedado sin trabajo.

Quise protestar, pero Desmestre me silenció levantando la palma de la mano mientras volvía a llenar mi copa de vino. Observé que Elsa contemplaba divertida la escena desde la mecedora.

—No le ha dado una copa —hice notar a mi anfitrión.

—Ella no puede —repuso el anticuario—. Toma medicación.

Dicho esto, salió del salón a grandes zancadas y regresó un minuto después con un sobre pequeño y alargado. Lo levantó como un árbitro de fútbol enseñando tarjeta y acto seguido lo dejó en mi regazo diciendo:

—Mire dentro. Si está de acuerdo, es suyo.

Abrí la solapa del sobre y vi que contenía un pequeño fajo de billetes de doscientos euros, además de una hoja mal impresa.

—Cuéntelo.

Con cierto rubor, empecé a contar los billetes nuevos de color amarillo sin la soltura del mafioso que se dedica a estos trapicheos. Había veinticinco en total.

—Son cinco mil euros —dije.

Elsa nos miraba ahora con expresión ausente, como si, acabado el teatro, hubiera dejado de interesarle todo aquello.

—Sólo cubre los gastos de viaje. Aparte de esto, desde mañana ingresaré cuatrocientos euros diarios en su cuenta corriente sólo por seguirle la pista a las cartas. Si en diez días no ha habido suerte, lo dejaremos estar. Tampoco quiero arruinarme.

Aquello cambiaba las cosas. Con cinco mil euros en mi bolsillo para un supuesto viaje —tal vez podía ahorrar la mitad— y otros cuatro mil que encontraría a mi vuelta podría solucionar unas cuantas cosas. Merecía la pena escuchar al menos la propuesta.

—Es una retribución generosa por diez días de trabajo.

—No me lo agradezca a mí, sino a nuestro mecenas —dijo exultante—. Se ha decidido a intervenir para agilizar las gestiones. Con su inspiración y su apoyo económico seguro que llegaremos al final.

—¿Un mecenas? No entiendo nada. ¿De quién me habla?

Elsa se había soltado el pelo, que le caía frondoso sobre los hombros, y se abrazaba las rodillas nuevamente atenta a la conversación.

—Mi cliente del norte de Europa, el de los 2.013.000 euros, ha decidido implicarse en la recuperación de las cartas. Al comunicarle por correo electrónico lo sucedido, ha mandado dinero para que entremos en acción sin más demora. Cuando llegue el momento de recomprar la mercancía, con una sola llamada proveerá los fondos necesarios. Una vez entregada a él, nos pagará la diferencia. Mantiene la oferta.

—Sin duda es un loco —añadí—. ¿Cómo se llama?

—Mantiene oculta su identidad. Es normal en personas de este nivel.

—Pero de algún modo se dirigirá a él —argumenté.

—Se hace llamar Kynops, un simple seudónimo. Lo importante es que paga bien y rápido. No podemos decepcionarle: hay demasiado en juego.

—Sin embargo, nos hallamos en el mismo punto que la última vez que hablamos: no sé por dónde empezar.

—Eso también ha cambiado —afirmó Desmestre con una llamarada de entusiasmo en los ojos—. Parece ser que los bandidos saben que va a haber negocio y nos tienden la mano. Mire el fax que le he adjuntado en el sobre.

Acerqué a la lámpara de pie la hoja mal impresa, donde se repetía simplemente la numeración del 0 al 3:

0123012301230123
0123012301230123
0123012301230123
0123012301230123

—No parece una gran pista. ¿Qué puedo hacer con eso?

—Abandone por un momento el pensamiento cartesiano, Vidal. ¿No se ha dado cuenta? La serie del 0 al 3 incluye todas las cifras del 2013. Tratan de ponerse en contacto en nosotros sin llamar la atención. Para el profano, parece una simple prueba de impresora.

—Aunque así fuera, no veo cómo podré contactar con ellos.

En este punto, Elsa salió de su silencioso letargo y exclamó:

—Por lo que más quieras, Leo, deja de hacerte el tonto.

Lo peor de todo era que no me estaba haciendo el tonto, sino que realmente no tenía ni idea de lo que me insinuaban.

—Sabes perfectamente dónde hay que mirar.

De repente advertí que detrás del fax había grapada otra hoja con la hora de la recepción del mismo y el número de teléfono emisor.

—Prefijo 355 —leí con fingida autoridad—. Esto viene de...

Desmestre y su hija completaron la frase a la vez:

—Albania.

18

Se podía deducir que la banda que había robado las cartas conocía su valor, al menos en parte. El chapucero robo de los muebles y su posterior abandono en la calle muerta indicaban que el descubrimiento del legajo había sido a posteriori. Un golpe de suerte, al igual que el de Desmestre. Eso explicaba también que los italianos hubieran renunciado a la furgoneta para salir del país cuanto antes con el botín.

—Quieren vender, pero sin correr riesgos —añadió el anticuario a mi reflexión—. Por eso han elegido ese país para realizar la transacción. Supongo que está lleno de italianos haciendo negocios dudosos.

—En ese caso, me parece poco dinero para ir a jugarme el tipo.

Desmestre me miró con incredulidad antes de arremeter:

—¿Medio millón de euros le parece poco? Eso es lo que puede sacar en limpio cuando todo termine.

—Prefiero pájaro en mano que ciento volando, como dicen aquí —declaré soñoliento mientras dejaba la copa en el suelo—. ¿Quién me asegura que nuestro mecenas anónimo cumplirá con su palabra, una vez tenga el legajo en sus manos?

—Hasta ahora ha dado muestras de gran solvencia —argumentó Desmestre poniéndose de pie—. Por eso aún tenemos margen para negociar. No quiero que usted se vaya a Tirana a disgusto.

Observé cómo aquel truhán se sacudía el polvo de la vieja americana, un gesto que debía de haber hecho miles de veces antes de cerrar un trato. Entendí que había recibido de Kynops un anticipo sustancioso del que me ofrecía sólo las migajas. Y nada me garantizaba que vería mi parte si lograba cerrar aquella rocambolesca operación.

—Tirana... —suspiré mientras barajaba qué cifra podía proponer—. No conozco a nadie que haya estado allí. ¿Cómo se llega?

Lo único que sabía de Albania era que había sido el último régimen estalinista del mundo y que, en la década de los noventa, un barco cargado de albaneses hasta la bandera había huido del país y pedido asilo a Italia.

—Pregúntelo mañana en el aeropuerto —se limitó a decir Desmestre, que esperaba tenso la cantidad.

—No se precipite —repuse para ganar tiempo—. Supongo que tendré que solicitar un visado de entrada, justificar mi estancia y todas estas cosas.

—Seguro que no. Desde que a su presidente George W. Bush se le ocurrió visitar Tirana, los americanos están muy bien vistos por allí.

No sabía si aquello iba en serio o si Desmestre se estaba burlando de mí. Para acabar de una vez con aquel tanteo —eran ya las cuatro de la madrugada— decidí poner sobre la mesa una cantidad abultada:

—Además de los cinco mil euros del viaje y los cuatrocientos diarios, quiero un depósito con diez mil euros en mi cuenta por los riesgos que voy a correr.

Mientras esperaba la respuesta, miré de reojo a

Elsa, que se había dormido en el balancín y le caía la cabeza a un lado.

—Trato hecho —resolvió el anticuario tendiéndome la mano—. Me deja prácticamente sin liquidez, pero no podemos perder más tiempo.

—Estoy de acuerdo —repuse sorprendido mientras estrechaba su mano—, pero como debemos esperar a que abran los bancos, me retiraré al hotel a dormir algunas horas.

—No será necesario. Puedo ofrecerle una cama de campaña en esta misma casa. ¿Me sigue?

Llevaba algo más de una hora intentando dormir, entre estornudo y estornudo, en un trastero polvoriento cuando sentí una presencia en la oscuridad. Agotado por los últimos acontecimientos —y la partida no había hecho más que empezar—, me incorporé levemente y agucé la vista y el oído.

Segundos después, sentí como unos dedos fríos y suaves que ya conocía se posaban en mi frente y la empujaban hasta hundir mi cabeza en la almohada.

—¿Qué haces aquí? —pregunté adivinando la sonrisa de Elsa en las tinieblas.

—No me gusta dormir sola —dijo mientras se introducía en la cama, que ya era de por sí estrecha.

—Pues ve a dormir con tu padre.

—A veces lo hago, no creas. ¿Me estás rechazando?

Me había pegado a la pared para que nuestros cuerpos no se tocaran. Aunque Elsa me parecía una mujer poderosamente atractiva, lo último que quería era vengarme de Aina acostándome con una chiflada, y menos aún en casa de su padre.

—Esta noche tengo miedo —explicó con naturalidad, como si estuviera acostumbrada a invadir camas ajenas—. ¿Sabes que en el Call hay un fantasma? Es el espectro de una mujer joven que se llamaba Tolrana.

—¿No serás tú el fantasma? —protesté.

—Calla —dijo dándome una leve patada con el pie descalzo—. Al parecer, en los tiempos de la judería la encontraron decapitada. Desde entonces vaga por estas calles y deja oír sus lamentos y gemidos. Nadie la ha visto, pero todos hemos escuchado alguna vez su canción triste, que se acerca como si estuviera aquí mismo y luego se aleja sin más. ¿Te gustaría oírla?

No respondí. Bastante trabajo tenía en pegarme a la pared y escapar a los encantos de aquella lianta. Elsa acercó sus labios a mi oreja y empezó a canturrear una melodía entre lúgubre e infantil, como una nana siniestra. De repente sentí que todos mis músculos estaban en tensión.

—Ahora ya la conoces —concluyó alejando su aliento.

Acto seguido permaneció un rato en silencio, tendida a mi lado, y supuse que me estaba observando en la oscuridad. Luego susurró:

—Creo que no te has dado cuenta de algo importante.

—¿A qué te refieres? —respondí calculando que debían de ser ya las seis de la mañana y apenas había pegado ojo.

—Estoy completamente desnuda.

Antes de que pudiera responder nada, me dio un beso furtivo en la frente y se deslizó fuera de las sábanas. Me pareció entrever como su sombra dulce y fantasmal abandonaba la habitación.

19

Me desperté pasadas las diez de la mañana. La casa se veía aún más decrépita a la luz del día, con las paredes amarillentas y los sofás y sillas tapizadas hechos jirones. Aquello era, sin duda, obra de *García*, que maulló escuetamente a modo de saludo cuando crucé de nuevo el salón. Al parecer sus amos ya no estaban en casa.

De camino al baño descubrí con agrado que Desmestre era tan eficiente como cumplidor, ya que había dejado sobre la mesa un cheque a mi nombre de diez mil euros compulsado por el banco. Junto a éste, encontré un folio en blanco y un bolígrafo para que anotara mi número de cuenta.

Mientras disolvía el sueño de mi cara con agua

caliente, me dije que aquel encargo podía salvarme lo que quedaba de año. Si las pesquisas se prolongaban diez días y lograba controlar los gastos, podría regresar a casa con dieciocho mil euros aunque no hubiera averiguado nada. Después de volar a Boston y pagarle la vuelta a Ingrid, quedaría suficiente dinero para costearle el primer semestre en la escuela y cubrir algunos meses de la hipoteca y otros créditos.

Ahora que me encontraba solo, estaba obligado a ser mucho más previsor en estos aspectos prácticos, porque nadie me auxiliaría si me quedaba en números rojos.

Animado con estas perspectivas de normalidad, bajé a la calle en busca de un banco. Una vez ingresado el cheque y parte de los billetes que me había entregado Desmestre, tenía que ocuparme de los detalles prácticos del viaje. En el coche había dejado una maleta con un poco de ropa para cambiarme si tenía que pasar la noche en el hotel. Tal vez bastara para una corta estancia en aquel país desconocido, pero al que le suponía un clima mediterráneo.

Con el pasaporte y el dinero en mi bolsillo, sólo quedaba procurarme alguna guía para organizar el vuelo y reservar un hotel en Tirana. Al pasar por la calle Ballesteries me había parecido ver una librería especializada en viajes, así que me encaminé hacia allí.

La Ulyssus ocupaba un local noble y espacioso con grandes ventanales sobre el río. Aquel miércoles por la mañana estaba deshabitada, a excepción de un hombre joven con gafas de pasta y la melena recogida en una cola que iba sacando libros de una caja.

Paseé la mirada por las estanterías llenas de literatura de viajeros, mapas y guías. Encontré la sección Europa del Este, pero tras mucho revolver no supe encontrar nada para mi viaje.

—¿Puedo ayudarte en algo? —preguntó el librero a mi espalda.

—Necesitaría una guía de Albania —dije con cierto rubor, como si temiera que me preguntara por el motivo.

—Sólo existe la edición inglesa de la casa Bradt.

Dicho esto, empezó a revolver eficientemente detrás de la primera fila de libros hasta extraer una guía de viaje. La cubierta mostraba una costa desierta y pedregosa. Allí había de dar yo con mis huesos.

Pagué en caja y salí nuevamente a la calle con una extraña idea en la cabeza: quería volver a besar el trasero de la leona. No porque yo fuera un amante de las tradiciones ni me hubiera enamorado de la ciudad, que ciertamente tenía una agradable escala humana. Lo bueno de regresar a Gerona después de aquella aventura incierta era que eso significaría que continuaba con vida.

Antes de ir hasta el coche, pasé nuevamente por la tienda del anticuario para despedirme, pero no encontré a nadie ni en el local ni en el piso. Era como si, tras darme las instrucciones, ambos se hubieran volatilizado. Contaba únicamente con el teléfono fijo de Desmestre para dar noticias y solicitar el importe para la recompra de las cartas, si se daba el caso.

Sintiéndome doblemente solo —en aquella misión y en la vida—, comprobé que llevaba todo en mi bolsillo interior, incluido el fax albanés, y me dirigí sin más hacia el Seat Ibiza con las llaves en la mano.

Lo encontré en su lugar, aunque su aspecto era lamentable. Al parecer había servido de mesa para una sesión de botellón y parte de la cerveza había caído por el parabrisas pringándolo todo. Sin molestarme en limpiarlo, me puse en marcha en dirección a Barcelona, que pensaba rodear por la autovía marítima hasta llegar al aeropuerto de El Prat.

Unos pesados nubarrones que se habían aglomerado en el horizonte finalmente descargaron una tromba inesperada. El aguacero arrancó la suciedad del cristal, pero tuve que reducir la velocidad porque apenas podía ver nada.

Hipnotizado por el movimiento robótico del limpiaparabrisas, puse la radio para ver qué decían de aquella tempestad, más propia de abril o mayo que de los albores del verano. Antes de las noticias estaba sonando una canción de Antònia Font que me hacía cierta gracia, porque era el equivalente mallorquín del *Space Oditty* de Bowie. *Batiscafo Katiuscas*, por lo que podía entender, narraba la aventura de un solitario capitán que, sumergido a gran profundidad, intenta contactar con el control de tierra mientras se maravilla ante el mundo submarino del que tal vez jamás regrese.

Mientras escuchaba la canción surcando la tempestad, me dije que también yo era un navegante a punto de sumergirme en un abismo extraño y lleno de peligros, en las entrañas de un mundo que tal vez pronto dejaría de existir.

Batiscafo monoplaça
es teu focus a s'absime
de ses aigües insondables
només tu les averigües

Batiscafo socialista
redactant informe tràgic
camarada maquinista
a institut oceanogràfic

Batiscafo solitari... *

* Batiscafo monoplaza / con tu foco en el abismo / de las aguas insondables / sólo tú las averiguas / Batiscafo socialista / redactando informe trágico / camarada maquinista / a instinto oceanográfico / Batiscafo solitario...

SEGUNDA PARTE

TIRANA

1

Albania no parecía, a priori, el país más apropiado para curarme la depresión, tras lo sucedido con Aina.

Mientras hacía cola en el mostrador de Lufthansa —desde Barcelona existía una conexión diaria a Tirana vía Múnich—, leí en la guía Bradt que había sido el único país oficialmente ateo del mundo hasta que la Madre Teresa recibió el Nobel. Era de suponer que no querían desperdiciar la única celebridad internacional que había dado el país, aparte del dictador Hoxha, responsable de 45 años de aislamiento estalinista.

Por algo menos de tres cientos euros compré un vuelo con transbordo que suponía estar nueve horas de viaje, ya que en el aeropuerto Franz Josef

Strauss de Múnich tendría que esperar cinco horas hasta la salida del avión a Tirana.

Ya en la cola de facturación, me pregunté cómo sería una ciudad que se llamara así. Había reservado por teléfono una habitación en el hotel California, que al parecer era el lugar donde se alojaban los viajeros informales o inesperados como yo.

Tuve que pensar en el disco de los Eagles con el mismo nombre. La leyenda urbana decía que si reproducías el vinilo al revés se escuchaba la voz de Satanás, el cual aparecía en el interior de la cubierta entre los invitados de una fiesta muy concurrida. Sin embargo, yo había hecho el experimento sin éxito. Al mover manualmente el plato de un tocadiscos hacia atrás, sólo había logrado un chirrido ensordecedor. Si aquello era el diablo, no hablábamos el mismo idioma.

El Airbus 319 con destino a Múnich estaba copado por hombres de negocios y algunos jóvenes latinos que —supuse— habían buscado un curso de idiomas bajo el suave clima bávaro.

Por mi parte, había hablado con Ingrid justo antes de subir al avión. Al principio me había reñido porque la había sacado de la cama a las ocho de la mañana, que era la hora local en Boston. Luego me había dicho que se aburría como una ostra y que tía Jenny la tenía todo el día ocupada arrancando hierbajos en el jardín, además de las tareas de la casa. Con la conciencia pacificada tras aquella conversación, me había entregado al placer de leer el periódico durante el vuelo.

Mientras el jet se elevaba sobre una Barcelona velada por la contaminación, leí una curiosa noticia con el titular «MI ESPOSA ES UNA PERRA». Al parecer, un indio de 33 años llamado Selva Kumar se había casado con un can para alejar una maldición. La sufría desde que había matado a pedradas a dos chuchos que copulaban en sus campos de arroz, y luego los había colgado de un árbol. El mal karma que le reportó esta mala acción no se hizo esperar: tres días después se quedó paralítico y sordo de un oído. Fracasados todos sus intentos de curación con la medicina tradicional y la ayurvédica, su astrólogo de cabecera le había recomendado: «Cásate con una perra».

La noticia iba ilustrada con una fotografía de las nupcias en la que se veía al novio con una túnica blanca sentado en el suelo; junto a él, una perra color crema adornada con un collar de flores entre la multitud festiva.

«Historias como éstas sólo te las crees porque salen en los periódicos», me dije mientras pedía a la azafata mi segundo té a nueve mil metros de altura.

Consumí cinco horas tediosas en el aeropuerto Franz Josef Strauss paseando entre tiendas de ropa y librerías. En una de ellas había comprado una introducción a Carl Gustav Jung por pura curiosidad, ya que —equivocadamente— no esperaba que los estudios de este psicólogo suizo me acercaran al paradero de las cartas.

Cuando me cansé de dar vueltas por aquellas galerías asépticas, fui a sentarme junto a mi sala de embarque, que empezaba a estar llena de familias con ganas de cháchara. En contraste con las expresiones desesperadas que había visto por televisión en el barco de refugiados, me pareció que en el pasaje primaban las personas sencillas y felices; jóvenes que habían encontrado trabajo en Alemania y se escapaban a su país siempre que podían.

Físicamente no eran muy diferentes de los italianos. Exceptuando un par de chicas de tez más oscura, su tono de piel era como la del resto de habitantes de la Europa mediterránea. Los jóvenes eran, eso sí, especialmente delgados y fibrosos, tal vez debido al trabajo físico que realizaban en almacenes o fábricas germanas.

Relajado con estas apreciaciones subjetivas, que nada tenían que ver con los peligros que me esperaban en Tirana, dediqué la hora que faltaba para la salida a leer la guía. Me interesaba la historia contemporánea del que probablemente fuera el país europeo más desconocido.

Dos años después de proclamarse la república socialista con Enver Hoxha como presidente, en 1948 Albania rompió relaciones con Yugoslavia, que aspiraba a asimilar el país en su federación. Tras colaborar estrechamente con la URSS, en 1961 cortó toda relación con el gigante soviético al conocer la pretensión de Krushev de construir una base de submarinos nucleares en el puerto de Vlora.

Hoxha decidió entonces dar un golpe brusco de timón y buscó amparo esta vez en el paraguas de la China maoísta, tal vez porque estaba lo suficientemente lejos para no causarles problemas. El modelo chino pareció gustar al mandamás vitalicio albanés, que durante 1966 y 1967 llevó a cabo una Revolución Cultural a la manera de Mao: los oficinistas de la Administración fueron exiliados de un día para otro a zonas rurales, mientras los puestos de responsabilidad eran ocupados por jóvenes comunistas inexpertos. Las religiones fueron estrictamente prohibidas.

La paranoia que condujo al aislamiento total de Albania se desató con la invasión soviética de Checoslovaquia, en 1968. Hoxha retiró el país del Pacto de Varsovia y se embarcó en un loco plan de autodefensa, que se traduciría en 700.000 búnkers de hormigón —uno para cada cuatro albaneses— y cañones antiaéreos en los tejados para repeler un ataque que nunca se produciría.

En 1978, dos años después de la muerte de Mao, Hoxha se desvinculó también de una China que empezaba a abrirse a la economía de mercado. Empobrecida y sin ningún tipo de ayuda externa, Albania se había quedado completamente sola.

Dejé el resumen histórico en este punto con intención de seguir más adelante. Quizás porque yo también me sentía aislado y expuesto a amenazas exteriores, tuve la impresión de que congeniaría con el país.

Los pasajeros del Múnich-Tirana ya se agolpaban, ansiosos, en una fila deseando regresar al búnker nacional. El vuelo era operado por un CR2, un avión pequeño de fabricación canadiense dispuesto a perforar el cielo nocturno de la Unión Europea para pasar al otro lado. Aunque ya no existiera el telón de acero, mientras avanzaba inseguro hacia el interior de la nave, no pude evitar pensar que me dirigía a territorio comanche.

2

Aterrizamos en suelo albanés en medio de una oscuridad casi absoluta. Tras una corta evolución sobre el asfalto, el aparato se detuvo de golpe como si se le hubiera terminado la pista. Un minuto después, el pasaje salía precipitadamente del avión.

Para mi sorpresa, el aeropuerto Nënë Tereza era pequeño pero de diseño impecable. Por una placa conmemorativa entendí que había sido un regalo del gobierno del Canadá.

Después de pagar un visado de entrada de diez euros, crucé un hall con un par de cafeterías llenas de curiosos que observaban a los recién llegados. Aquella moderna terminal me dio cierta confianza, así que salí a buscar un taxi sin tomar especiales precauciones.

El primero en la fila estaba conducido por un hombre minúsculo de unos sesenta años que sostenía un cigarrillo apagado en la boca. Le entregué mi única maleta y nos pusimos en marcha hacia lo que pudiera deparar Tirana.

En un principio permaneció en silencio mientras yo vigilaba desde la ventana la noche albanesa. En general había poca luz y muchas gasolineras —una detrás de otra—, cosa que no llegué a entender, dado el escaso tráfico de aquella autovía. También me llamó la atención que había muchos edificios en construcción, algunos de altura considerable, lo que parecía indicar que después de medio siglo de parálisis el país experimentaba cierto despegue.

Al llegar a la periferia de Tirana, de repente al taxista le dio por desengrasar su inglés elemental para preguntarme de dónde era. Le respondí que de Estados Unidos, pero que vivía cerca de Barcelona.

—Americano bueno —respondió a lo indio—. USA y Albania amigos. Bush bueno.

—No todos los americanos piensan así —le expliqué vocalizando mucho.

Pero el taxista seguía con su discurso:

—Rusia, Alemania, Francia...

Acto seguido se cargó estos tres países poniendo el pulgar hacia abajo. Luego dijo:

—América, Bush.

Y su pulgar dio un giro de 180 grados hasta apuntar al techo tapizado del coche.

El taxista parecía encantado con aquel diálogo de besugos, ya que lanzó una breve carcajada de satisfacción mientras aceleraba en dirección al centro de Tirana. Antes de que me llevara a algún establecimiento donde tuviera comisión, le recordé el nombre de mi hotel. Respondió meneando la cabeza en señal de desaprobación.

—Hotel California no bueno. ¡Caro!

—Me da igual. Tengo una reserva, así que lléveme allí y punto.

El hombrecillo no pareció enfadarse por mi puesta en firme. Se limitó a encogerse de hombros, como diciendo: «Si eres estúpido, no tengo la culpa».

A continuación entramos en una plaza presidida por dos edificios de estilo soviético, además de una modesta torre con un reloj y un minarete. Por la iluminación generosa del conjunto, entendí que aquello era la plaza Skanderbeg, el centro neurálgico de la capital albanesa. De no estar presenciando algunos adelantamientos suicidas en aquel mismo momento, me habría parecido un lugar bastante civilizado.

Sin embargo, desestimé del todo esta idea cuando pasamos junto a una pirámide de construcción moderna donde se leía en enormes letras:

WELCOME PRESIDENT BUSH

Lo más curioso de aquel mensaje de bienvenida era que hacía ya mucho tiempo de la visita del presidente republicano. Me propuse averiguar qué era aquella pirámide —parecía un enorme pastel de cumpleaños— y qué habría prometido Bush a los albaneses para lograr su estima. Más aún cuando, tras la caída del comunismo, aquél volvía a ser un país de mayoría musulmana.

En cualquier caso, cada vez tenía más claro que había llegado a un mundo extraño.

El hotel California de Tirana ocupaba un pequeño edificio de cinco plantas y exhibía tres estrellas. Sin embargo, ése era un dato de valor relativo, ya que la recepción estaba iluminada únicamente por un televisor y el recepcionista dormía profundamente en su asiento.

Tuve que hacerme notar golpeando el mostrador con el pasaporte, lo que hizo que el hombre emergiera del sueño con los ojos hinchados. Renegando algo en albanés, tras anotar mis datos en un recibo y cobrarme cuarenta euros por la primera noche, me dio la llave de la habitación 27. Acto seguido me señaló el ascensor y volvió a cerrar los ojos.

Mientras la cabina ascendía lentamente, me sentí súbitamente relajado y me dio por tararear la diabólica canción de los Eagles:

> *We are programmed to receive.*
> *You can checkout any time you like,*
> *But you can never leave!*
>
> *Welcome to the Hotel California*
> *Such a lovely place...**

---

* Estamos programados para recibirte. / Puedes hacer el checkout siempre que quieras, / pero nunca lograrás salir. / Bienvenido al hotel California, / un lugar tan encantador...

El interior de la habitación estaba forrado de moqueta vieja y eso me provocó un par de estornudos. Aparte de eso, era bastante correcta. Abrí la ventana para airearla un poco, mientras me dejaba caer sobre la cama vencido por el cansancio y la confusión. Con la llegada a Tirana terminaba la parte de aquella misión que yo controlaba. Una vez allí, no tenía nada claro lo que debía hacer.

Saqué del bolsillo de mi americana todo lo que tenía: el fax con la serie numérica del 0 al 3 y el teléfono emisor. Si aquello era una clave para contactar con nosotros y realizar la transacción, bastaría con mandar un mensaje a aquel número.

De repente entendí que había cometido un error de principiante, por no decir de idiota. Antes de viajar hasta Albania, debería haber mandado un fax para saber si aquel contacto nos aportaba algo, a no ser que Desmestre ya lo hubiera hecho y me estuviera ocultando información.

Decidí dejar ese tema para el día siguiente, ya que de todos modos la una y media de la madrugada no eran horas para llamar a nadie. Incluso los ladrones tienen que dormir. Sin darle más vueltas, me desnudé y entré en la cama ignorando que aquélla sería la última noche en mucho tiempo que dormiría tranquilo.

Antes de apagar la luz, tomé el libro de introducción a Jung para hacer un experimento. Una peligrosa mujer que había conocido en el pasado me había dicho que abriendo un libro al azar, éste nos dice aquello que necesitamos saber. Hice la prueba y abrí el volumen por la mitad mientras dejaba caer el dedo índice. Señalaba una cita del psicólogo y psiquiatra suizo:

> Todos nacemos originales y morimos copias.

No era una reflexión alegre, pero su posible sentido respecto a mi vida me mantuvo ocupado hasta que me rendí al sueño.

3

Bajé a desayunar con la idea de leer algo más acerca del país donde, sobre el papel, se ocultaba un tesoro que podía solucionar mi vida y la de Desmestre y su hija. Más allá de los dieciocho mil euros que podía sacar en limpio por el solo hecho de «intentar» recuperar las cartas, si regresaba con el premio gordo sería el fin de mis problemas, siempre que el anticuario cumpliera con lo acordado.

Animado con este pensamiento, me serví del buffet espartano antes de sentarme a la mesa con la guía. Era el único cliente a aquella hora. A las diez de la mañana, tampoco en el tramo de calle al que daba el comedor se veía gran actividad.

Leí que Enver Hoxha había muerto en 1985, tras dirigir cuarenta años los destinos del país. Le había sucedido su delfín: Ramiz Alia. Éste inició un programa de liberalización económica y abrió el país a los extranjeros. La policía de aduanas había confiscado hasta entonces las guías de viaje a los turistas, a los que los barberos fronterizos cortaban el pelo largo y la barba, que estaban prohibidos en Albania al igual que la manga corta.

En 1990, cuando el bloque del Este empezó a desmoronarse, 4.500 albaneses se refugiaron en las embajadas extranjeras de Tirana. Tras algunas reyertas con la Sigurimi —la policía secreta—, el gobierno les permitió salir del país en barcos con destino a Brindisi. Un año después se produjo un éxodo masivo de veinte mil albaneses, lo que desató una crisis en Italia.

Eran las imágenes que yo recordaba haber visto en televisión.

Tras las primeras elecciones, en 1992, el país experimentó un falso boom económico que acabaría de manera catastrófica. Durante cuatro años habían surgido bancos de inversión piramidales que acaparaban el dinero de los albaneses. El negocio funcionaba así: después de invertir todo su dinero, el incauto buscaba nuevos inversores de los que obtendría una comisión de sus intereses. Éstos, a su vez, captaban a otros. La idea era que cuantas más personas tuvieras por debajo, más se multiplicaban las comisiones. Los que estuvieran arriba de la pirámide podrían vivir como millonarios con el solo empuje de los de abajo. Eso en teoría.

En la práctica, estos bancos evadieron las divisas o quebraron. Un 70 por ciento de los albaneses perdieron todos sus ahorros. El país era presa de los disturbios y el caos generalizado. Vagó varios años a la deriva hasta recibir en 1999 lo que podría haber sido su golpe de gracia, pero que resultó ser su salvación.

El verano de aquel año estalló la guerra del Kosovo y les llegó un aluvión de 450.000 refugiados. El mundo puso en duda que un país pobre de tres millones y medio de personas pudiera soportar esa presión, pero milagrosamente cesó la violencia y la población sacó lo mejor de sí misma para auxiliar a sus compatriotas de Serbia. Sumado al flujo de ayudas internacionales, este ejercicio de orgullo y autoestima cambió el carácter del país. De repente los albaneses se sentían capaces de hacer cosas importantes.

Cerré el libro admirado por aquella crónica desconocida para Occidente, mientras el recepcionista de la mañana recogía los últimos restos del buffet. Era un hombretón de pelo cano y cejas del mismo color, lo que le daba un aspecto casi albino. Decidí que ya era hora de que me pusiera manos a la obra. A fin de cuentas, no había viajado hasta allí para hacer un curso de historia de Albania.

Le enseñé el número de fax y me indicó que le siguiera hasta el mostrador, donde se ocupó él mismo de marcar. Luego me pasó el auricular.

Lo tomé esperando encontrar el típico chirrido de los fax, pero en lugar de eso había un mensaje pregrabado en albanés que se iba repitiendo. Después de escucharlo tres veces, sólo entendí la palabra «export». Se lo pasé al recepcionista para que me tradujera lo que decía. El hombre escuchó con cara de aburrimiento y anotó un número tras la tarjeta del hotel.

—Es el contestador de Spiro Export. Dice que puede mandar su fax a este número y da otro para los pedidos personales —explicó deslizando sobre el mostrador la tarjeta con el número.

—Si me hace el favor de llamar —respondí—, necesitaría concertar una cita con el mánager.

—Seguro que hablan inglés —dijo mientras marcaba cansinamente el número—, y también italiano. Vienen muchos a hacer negocios.

Asentí con la cabeza mientras dejaba sobre el mostrador un billete de quinientos lekë —unos cuatro euros— por las molestias. El recepcionista canoso inició una animada conversación en albanés, como si ya conociera a la persona al otro lado. Pronunció un par de veces mi apellido, lo cual era una torpeza por mi parte. Dado el carácter de aquel negocio, si es que estaba tirando de la cuerda adecuada, tendría que haber advertido al hombre para que no me identificara.

—Ya está hecho —repuso tras colgar el teléfono y guardar el billete en su bolsillo—. El señor Spiro le manda un comercial al hotel. Llegará en media hora. ¿Quiere otro café?

—No, gracias. Pasaré antes por la habitación a darme una ducha. Avíseme cuando llegue.

Fuera por la propina o por haberme identificado como hombre de negocios, lo que podía suponer varios días de estancia en el hotel, de repente el recepcionista parecía haberme tomado estima.

Antes de que desfilara hacia el ascensor, me preguntó:

—¿Es usted mayorista?

—No exactamente —repuse sin saber muy bien a qué se refería—. Soy un simple marchante. Compro obras de arte para clientes que no pueden desplazarse personalmente —improvisé.

—¿Arte? —se sorprendió el recepcionista—. Pensaba que venía a comprar vino y aceite. Es lo que venden los de Spiro Export.

Ya bajo la ducha, me dije que era un imbécil redomado. Antes de concertar la cita con el comercial tenía que haber comprobado si guardaba alguna relación con el asunto de las cartas. Estaba claro que no, y ahora me vería obligado a hacer el farsante y pedir precios de hectolitros de aceite y vino que no iba a comprar. De hecho, ya había tenido que mentir como un bellaco al recepcionista, a quien había explicado que una galería de arte quería comprar una gran partida de vino para etiquetar las botellas como regalo navideño a sus clientes.

—Los de Korça son los mejores —me había dicho muy alegre.

Nada más salir de la ducha sonó el teléfono. No habían pasado ni veinte minutos y ya me esperaban abajo. Al parecer, el tal Spiro tenía prisa por vender. Y yo me preguntaba cómo saldría de aquélla sin hacer todavía más el ridículo.

4

En recepción me esperaba una joven menuda, vestida con pantalones grises y una blusa azul abotonada hasta el cuello. Tendría veintipocos años, pero el pelo corto y el maquillaje la hacían parecer mayor.

—Mi nombre es Cora Andreou —se presentó—, pero puede llamarme Cora.

—Su apellido suena griego —comenté al estrecharle la mano.

—Y lo es. Mi familia procede de la costa sur de Albania, donde vive una minoría griega bastante importante.

Dicho esto, me indicó que la siguiera.

—¿El señor Spiro también es griego?

—Sí, de la misma región. Allí hay muchos negocios en manos helénicas, pero hace cinco años que hemos abierto una oficina en Tirana. Será un placer mostrársela. ¿Le parece bien si vamos a pie? Hay varias calles cortadas por obras.

—Por supuesto.

Caminé junto a la tal Cora hasta la plaza Skanderbeg, donde en aquel momento se oía el canto del muecín en el minarete. Tras medio siglo de ateísmo, la religión parecía tener aún poca penetración en la sociedad albanesa; los coches derrapaban a velocidades de vértigo, ajenos a aquella llamada a la oración y el recogimiento.

—Los conductores parecen bastante temerarios por aquí —dije retrasando el momento de hablar de vinos.

—Son unos novatos, eso es lo que pasa —dijo en tono de desprecio—. Sólo hace diez años que existe el carnet de conducir. Antes no podías tener coche, a menos que formaras parte del gobierno.

Salimos de la plaza central, que a la luz del día era un lugar algo deprimente, pese a la estatua ecuestre del héroe nacional que le daba nombre. Desde allí, la comercial de Spiro Export me condujo por una avenida flanqueada de museos y edificios oficiales. En todos ellos ondeaba la bandera albanesa, con el águila bicéfala negra sobre el rojo intenso.

Al pasar junto a la pirámide con el mensaje de bienvenida a Bush, de repente recordé haber visto en televisión una anécdota referente a esa visita. En unas imágenes grabadas se veía al presidente dando la mano a una multitud entusiasta. Segundos después la cámara enfocaba su muñeca, de la que había desaparecido el reloj. Entendí que eso había sucedido en Albania, lo que no debía de ser precisamente bueno para la imagen exterior del país.

Pregunté a mi acompañante qué era aquella pirámide moderna, alrededor de la cual jugaban muchos niños.

—La diseñaron la hija de Hoxha y su marido —explicó—. Tenía que ser un gran museo dedicado al padre del comunismo albanés, pero no acabó de cuajar. Actualmente sirve para congresos y de discoteca por la noche.

Miré asombrado las pendientes de mármol blanco, utilizadas por algunos niños como un enorme y peligroso tobogán.

Desde allí penetramos en el Blloku —«Bloque»—, el barrio donde había vivido la élite comunista y que estaba prohibido al resto de la población, de la que estuvo separado por vallas. Yo me esperaba encontrar mansiones y cancillerías, pero era sólo una amalgama caótica de edificios de apartamentos. Las fachadas estaban pintadas de colores chillones, a veces combinando dos o tres tonos que no armonizaban entre sí. Algunas estaban decoradas con flechas o soles nacientes.

—Entiendo que le parezcan un poco kitsch —dijo Cora conteniendo la risa—. Fue una iniciativa del alcalde de Tirana, que era pintor. Como la ciudad le parecía muy gris, financió la pintura y los andamios para que los vecinos pudieran decorar los bloques a placer. Algunos tuvieron mejor gusto que otros.

En aquel momento le sonó el móvil y su expresión relajada se convirtió en concentrada seriedad. Entendí que estaba hablando con Spiro, al que ella contestaba con un monosilábico «*Ne*, *ne*, *ne*…». Al colgar, se puso bien las hombreras de la blusa y declaró:

—Nos espera en la Sky Tower. Quiere brindarle un almuerzo antes de hablar de negocios. Así, de paso, tendrá ocasión de probar nuestros vinos.

Con la mala conciencia de quien hace perder el tiempo y el dinero a quien no le sobra, seguí a Cora hasta un pequeño rascacielos —supuse que era el orgullo de Tirana— con galerías comerciales en la planta baja.

Un moderno ascensor nos subió hasta la joya de la torre: un restaurante acristalado de planta circular que giraba lentamente sobre sí mismo para ofrecer una vista de 360° sobre la ciudad abrasada bajo el sol. Desde allí se veía un pastiche urbanístico sin orden ni concierto.

El restaurante, sin embargo, estaba lleno de hombres vestidos con trajes caros, algunos en compañía de mujeres de bandera. En una mesa distinguí a un hombre calvo con un poderoso mostacho. Contemplaba la ciudad desde su atalaya giratoria, mientras tomaba un café y un vasito de agua. Supe enseguida que se trataba de Spiro.

—*Yassas* —saludó a Cora, que me cedió la silla justo delante de su jefe—. Bienvenido a Tirana, señor Vidal.

Le devolví el saludo y tomé asiento delante del que me pareció un hombre tosco, pero acostumbrado a cerrar negocios en el mínimo de tiempo.

—Le pediré algunos platos locales —me dijo llamando al camarero con un chasquido de dedos.

Tras darle unas rápidas instrucciones en albanés, Spiro terminó el café de un sorbo y se refrescó la garganta con el agua del vasito. Para entonces yo ya me había preparado un discursillo que me tenía que sacar del paso:

—He oído decir que los vinos de Korça son excelentes. Me gustaría conocer las calidades y precios de los que dispone para poderle hacer una oferta global, cuando calcule el incremento que supondrá por botella el transporte. Supongo que lo más práctico será mandar la carga por barco a través del puerto de Vlora o Durrës.

Spiro me escuchaba con un silencio pétreo mientras dirigía miradas esquivas a Tirana en movimiento. Cuando terminé de hablar, sus ojos se clavaron en los míos, pero seguía sin decir nada.

—O tal vez usted conoce una manera mejor de organizar el transporte. Estoy abierto a sugerencias.

Mientras esperaba su respuesta, el camarero trajo justamente vino tinto de Korça, una botella de cuello largo con la variedad Tokai. Lo abrió sin prisas y sirvió dos dedos a Spiro, que sin catarlo dio su aprobación con un ligero movimiento de cabeza. Luego dijo:

—Sugiero entonces que dejemos de hablar de gilipolleces y nos centremos en lo que toca. Tengo las cartas.

5

Para mi decepción, las cartas que me ofrecía Spiro eran sólo una copia de las originales, que ya habían sido vendidas. La comisión que había obtenido no podía ser demasiado sustanciosa si ahora se ofrecía a vender un triste facsímil.

—Tendré que consultar con mi cliente si está interesado. Había ofertado por la documentación auténtica, y no creo que le seduzca una simple copia.

—Seguro que no, puesto que ya tiene las buenas. Llega usted demasiado tarde.

Aquella información me dejó helado, al tiempo que me preguntaba por qué diablos me ofrecía el facsímil. No entendía nada.

—¿Se refiere usted a Kynops? El nórdico anónimo que ofertó...

—Dos millones trece mil euros, ya lo sé. Sí, es el mismo —me confirmó mientras nos servían una ensalada de estilo griego con feta—. Pero yo no he visto ese dinero ni muchísimo menos. Soy un pobre intermediario, el último eslabón de la cadena... antes de usted.

Me aliñé la ensalada mientras trataba de entender el sentido de todo aquello. El propio Spiro se encargó de aclararlo:

—La única copia de las cartas la hizo Kynops, y está en una caja sellada que sólo usted puede abrir. Nadie aparte de nosotros conoce su existencia.

—Pero... —balbuceé— si el millonario ya ha obtenido lo que deseaba, no entiendo por qué me ha hecho venir hasta aquí. ¿Y ese fax?

—Escribió él mismo la serie numérica para que, sin llamar la atención de nadie, viniera a recoger la copia de las cartas. No debe pagar nada por ellas: son un regalo de Kynops, al igual que el dinero que ha mandado para que realizara el viaje. Creo que ha ganado usted un amigo.

—Entonces aún lo entiendo menos —confesé

atónito—. ¿Para qué quiero yo un facsímil si el negocio ya está cerrado?

—Muy fácil: quiere que le ayude a descifrarlas. Al parecer, aunque sea nórdico, el alemán no es su fuerte. Y usted realizó estudios en Berkeley de la lengua de Goethe, ¿me equivoco?

—Veo que está usted muy informado —repliqué cada vez más incómodo.

—El mérito no es mío, sino de Kynops. Le gusta saber con quién trabaja.

—Que yo sepa, no trabajo para él, sino para la persona de Gerona que me ha mandado hasta aquí.

—¿Desmestre? También trabaja para él. Y Cora. Y yo mismo desde mi negocio de vinos y aceites. Por lo tanto, también usted forma parte del lote. Eso le protege. Brindemos por ello, ¿no le parece?

—En absoluto —me rebelé—. Me han hecho venir hasta aquí con engaños y por consiguiente doy por finalizada la misión. ¿Era necesario hacerme viajar hasta Albania para recoger la copia de unas cartas que no me interesan? ¿Qué sentido debo dar a todo esto?

—Kynops tiene casa en el país. Una de las

muchas que posee. Si le ha hecho venir hasta aquí, es porque desea conocerle. Seguro que le pagará generosamente sus servicios de germanófilo. Es un hombre de economía desahogada. De hecho, tengo entendido que dentro de esta caja hay algo más de dinero para que se reúna con él.

Tras decir esto, sacó de debajo la mesa una caja de madera cara, del tamaño de las de habanos, y la dejó a mi lado como prueba de lo que me estaba diciendo. Mientras tanto, el camarero se llevó los platos vacíos de la ensalada y trajo una fuente de *çomlek*, carne estofada con cebolla.

Cora tragaba con gran apetito, como si le diera lo mismo vender aceite de oliva que predicciones del fin del mundo. Por su parte, Spiro parecía relajado ahora que había puesto las cartas —nunca mejor dicho— sobre la mesa.

—¿Y la casa está en Tirana? —pregunté mientras notaba que se me abría el apetito.

Con la comprometida mercancía ya en manos de su destinatario había perdido quinientos mil euros, pero de repente todo se simplificaba. Si un millonario aburrido quería contratar mis servicios como traductor ocasional, siempre sería menos peligroso que trapichear con las mafias. O al menos eso era lo que suponía yo.

—No exactamente. Se halla cerca de Saranda, un pueblo de playa en el extremo sur del país. En todo caso, el país es pequeño: como mucho, debe de haber 270 kilómetros hasta allí.

—Saranda —repetí sintiendo el magnetismo de aquel nombre.

—Le encantará: hay muchos griegos y se come bien —comentó Spiros con melancolía en los ojos—. De hecho, mi familia es de una ciudad vecina: Himara. Una maravilla. ¿Ha oído hablar de la Riviera Albanesa?

—Jamás.

—Por eso es una maravilla. El día que se conozca la habremos perdido para siempre. Por eso no debe revelar nada de lo que vea allí.

El resto del almuerzo había transcurrido de forma plácida. Como si le aliviara cerrar su parte en aquel asunto, Spiro se había permitido hacer incluso bromas sobre las chicas albanesas, que según él no se habían quitado de encima aún la mojigatería comunista.

Al regresar caminando al hotel con la caja bajo el brazo, hice una pausa en la Pasticerie Française. Probablemente era el café más elegante de todo el Blloku. Me senté en una mesita individual a leer el *Albanian Daily News*, un curioso periódico en inglés, a luz de una lamparita mientras tomaba un segundo café. La mayor parte de las noticias trataban sobre el futuro del Kosovo.

Las paredes rojas y los techos altos me produjeron la ilusión de hallarme en un oasis francés en medio del realismo socialista.

Tras esta parada técnica, salí nuevamente entre el hormigón multicolor para dirigirme con mi misteriosa carga al hotel. Tenía la intención de desprecintar la caja en la intimidad de la habitación, pero al llegar al hotel California me di cuenta de que allí no encontraría precisamente la tranquilidad.

Había tres coches de policía estacionados en la entrada y una multitud de curiosos que se arremolinaban en la acera. En el suelo, un cuerpo cubierto con una sábana de la que sobresalían los zapatos. Entre el gentío vi al recepcionista apático de la noche. Tenía lágrimas en los ojos.

—¿Qué ha sucedido? —le pregunté asustado—. ¿Quién ha muerto?

Como toda respuesta, se agachó y se saltó el protocolo policial al destapar fugazmente la cabeza del muerto. Era el recepcionista canoso. Tenía en el centro de la frente un boquete de bala del tamaño de una moneda.

6

La sensación de seguridad que me había acogido al llegar al país se había desvanecido de un plumazo. Era inevitable relacionar mi llegada a Tirana con aquel asesinato. Si no se trataba de un ajuste de cuentas por algún chanchullo del recepcionista, entendí que el hecho de haberme concertado la cita con Spiro lo había condenado.

Antes de que el hotel California se convirtiera para mí en la ratonera que presagiaba la canción, subí inmediatamente a la 27 con la idea de hacer la maleta y largarme cuanto antes. Pero al abrir la puerta me di cuenta de que el recepcionista tiroteado era sólo la antesala de una rueda de acontecimientos que no iba a detenerse.

Habían entrado en mi habitación y la habían registrado de arriba abajo. El colchón apoyado en la pared y mi ropa esparcida por el suelo me indicaba que aquello no era obra de la policía. No había que ser muy listo para suponer que quien había irrumpido en la habitación sabía lo que buscaba: la caja sellada que ahora yo sostenía con temblor. Y probablemente era el mismo que, al bajar, había tiroteado al conserje delante de la entrada.

La cosa se ponía fea, así que guardé la caja en la maleta —esperaría a estar en lugar seguro para abrirla— y recogí a toda velocidad mis cosas. Al entrar en el baño para ver si me olvidaba algo, un nuevo detalle me llenó de pavor. El asaltante se había entretenido en usar el gel del hotel, que era de color rojizo, para trazar con él en el espejo el número maldito:

2013

Desatendiendo la urgencia que debía guiar mis movimientos, me quedé unos segundos paralizado ante aquel mensaje tan simple como inquietante. El número todavía era reconocible, aunque el peso del gel había empezado a desfigurarlo por la parte inferior.

Sin tiempo para hacer conjeturas sobre el autor de aquel aviso, bajé las escaleras con la maleta en la mano. Había decidido tomar un taxi que me llevara de cabeza al aeropuerto. En aquellas circunstancias, lo único sensato era salir del país cuanto antes para regresar a casa.

Pero no todo el mundo pensaba igual, como comprobaría en la salida del hotel, donde un joven policía se dirigió a mí en inglés para pedirme la documentación. Tras entregarle el pasaporte, le expliqué atropelladamente que había visto al recepcionista durante el desayuno, pero que podía justificar mis movimientos en las últimas horas.

—Tanto mis proveedores como el personal de la Sky Tower pueden confirmarle que he almorzado en el restaurante giratorio —expuse tras ser interrogado sobre lo que había hecho las últimas horas—. Y los camareros de la Pasticerie Française son testigos de que antes de venir estuve leyendo el periódico allí.

El agente me escuchaba cruzando sus delgados brazos, que desaparecían en las mangas demasiado holgadas del uniforme azul marino. Cuando en lugar de devolverme el pasaporte lo guardó en su bolsillo, me dispuse a montar un escándalo.

—No se alarme —me frenó en un tono que pretendía ser tranquilizador—. Esto no significa que le investiguemos como sospechoso, aunque lógicamente tenemos que comprobar los detalles que acaba de dar.

—Es comprensible, pero le rogaría en cualquier caso que me devuelva mi pasaporte.

—Tengo la obligación de retenerlo mientras aclaramos lo que ha sucedido. Así nos aseguramos de que no sale del país durante la investigación. Han matado a un hombre, señor Vidal —dijo leyendo mi nombre en el pasaporte—, y vamos a necesitar su colaboración para recabar datos. En poco más de 48 horas podrá recuperar su documentación.

La cosa se estaba complicando cada vez más —pensé— y la caja sellada que llevaba en la maleta podía acabar de colgarme la etiqueta de sospechoso. Afortunadamente, el policía no parecía interesado en mi equipaje.

—¿Y qué se supone que debo hacer mientras tanto? —pregunté tratando de aparentar firmeza—. Después de lo sucedido, entenderá que no me apetece dar más vueltas por Tirana.

El agente pareció molesto con esta última afirmación, ya que me soltó:

—Vaya donde le dé la gana, siempre que no salga del país, y esté disponible para cualquier requerimiento. Voy a tomar nota de su teléfono móvil.

De aquella primera catástrofe podía extraer una sola lectura positiva: la policía no parecía estar enterada de que habían entrado en mi habitación, ya que de lo contrario habría sido sometido a un riguroso registro de mi equipaje.

Tras recoger las cosas y devolver el colchón a su lugar, la única prueba que había dejado era el número escrito en el espejo. Eso podía entenderse como una simple desfachatez del extranjero que hace fuera del país lo que no haría en el suyo propio.

En un primer momento pensé en acudir a la embajada americana en Tirana para solicitar ayuda, pero me temía que aquello no haría más que complicar las cosas. Dado que no podía justificar mi presencia en el país, lo mejor era que me mantuviera en un plano lo más discreto posible mientras la policía verificaba lo que les había contado.

Para mantenerme alejado del lugar del crimen, sin tampoco ir a las afueras, me hallaba nuevamente en el Blloku. Había encontrado en la guía la dirección de un hotel económico en el barrio, pero antes me detuve en una calle solitaria a llamar por teléfono. Quería hablar con Spiro de lo sucedido; tal vez incluso le devolvería la caja y que cargara él con el muerto.

Llamé al número que había anotado el recepcionista antes de morir, con la aprensión de quien se cava su propia tumba. La voz serena de Cora me tranquilizó sólo en parte.

—Ponme con tu jefe —dije imperativo—. Va a tener que explicarme unas cuantas cosas.

—No ha regresado a la oficina desde el almuerzo —explicó sin perder la compostura—. ¿Quiere dejarle un recado? También le puede esperar en la oficina. Aunque es ya tarde, siempre pasa por aquí a cerrar personalmente.

—Ahora mismo no me parece una buena idea —repuse pensando en deshacerme de la caja de cualquier modo—. Han entrado en mi habitación, ¿sabes? Los asaltantes han dejado un fiambre de regalo y la policía me ha retirado el pasaporte hasta nuevo aviso. Creo que no me sienta bien trabajar para vuestro amigo el millonario.

Al escuchar todo esto, el tono de voz de Cora se volvió apremiante:

—¿Dónde estás ahora mismo?

—Lejos de vosotros, afortunadamente —mentí.

—Leo, hay algo importante que debes saber —dijo con un ligero temblor en la voz—, y el teléfono no es un medio seguro para hablarlo. Debemos vernos antes de que cometas un error fatal.

—Ya he cometido el error fatal viniendo a Tirana a participar en vuestro juego —arremetí—. Ahora sólo quiero esconderme bajo tierra hasta que la policía me devuelva el pasaporte y pueda largarme para siempre.

Cora calló unos segundos antes de volver al ataque:

—Anota la dirección de nuestra oficina. Aquí estarás a salvo. No me moveré aunque tenga que esperarte toda la noche.

—En otras circunstancias sonaría seductor —ironicé—, pero no estoy seguro de querer ir a esta encerrona. Tomaré nota, en todo caso, para mandaros la caja de vuelta a través de un taxista. No quiero tener nada más que ver con esto.

—Por lo que más quieras —repuso asustada—, ni se te ocurra dar esa caja a nadie. Yo misma iré a recogerla donde tú digas. Ahora más que nunca, es importante que no se pierda: si va a parar a las manos inadecuadas...

—Nos van a freír a todos —la interrumpí para completar la frase.

Su tono de voz se volvió repentinamente severo:

—Tal vez sí.

7

Caía la noche sobre Tirana cuando llegué a la dirección donde se suponía que debía de encontrar el hotel Endri. Sin embargo, en el número 27 de la calle Vaso Pasha —en la periferia del Blloku— sólo había un edificio de apartamentos en estado ruinoso. Si allí había existido un hotel, yo no lo veía por ninguna parte.

Subí por una escalera exterior hasta el primer piso y llamé al primer timbre que encontré. Al cabo de unos segundos se entreabrió una puerta, de la que asomó la cabeza de un hombre corpulento con gafas. Al preguntarle por el Endri, su expresión se dulcificó.

—Yo mismo le acompañaré. Tengo una habitación libre en la casa de al lado.

—Pensaba que aquí había un hotel —comenté mientras le seguía escaleras abajo.

—Y lo es.

—¿Dónde está el rótulo entonces?

—Colgaba de este mismo edificio, pero un camión se lo llevó por delante.

Mientras el hombre abría la puerta de un bloque cercano, me dije que aquélla era una mentalidad curiosa: si al hotel le arrancan el letrero, se queda sin él y punto.

Me llevó hasta el primer piso, donde abrió la puerta de un apartamento destartalado con un par de cuartos. En todo caso, sería suficiente para esperar mi salida del país. Mi habitación tenía dos camas grandes y daba a un patio interior lleno de ropa colgando. Un televisor, una pequeña nevera y un ventilador de pie completaban el mobiliario.

—El baño está fuera y la tarifa es de 2.500 lëkë diarios —me dijo al darme la llave—. ¿Cuántos días se quedará?

—No lo sé todavía —repuse entregándole el equivalente a veinte euros por la primera noche—. Estoy esperando a que se cumplan unos trámites de exportación.

El hombre asintió con la cabeza sin hacer más

preguntas, lo cual era de agradecer. Antes de salir del apartamento, rebuscó en su bolsillo hasta encontrar una pequeña linterna que puso en mis manos.

—¿Y esto? —pregunté sin entender.

—La necesitará —se limitó a decir antes de dar media vuelta.

Cuando finalmente cerró la puerta me dije que no podía haber caído en mejor lugar. Me hallaba en la habitación de un hotel sin nombre, donde ni siquiera me habían pedido la documentación que ya no tenía. Un escenario propicio para preservar el anonimato, y de paso mi vida. O al menos eso creía yo.

Había llegado el momento de saber qué decían aquellas cartas para levantar tanto revuelo. Corrí las cortinas que daban al patio antes de abrir la maleta para sacar el regalo envenenado de Kynops, o quien fuera que se escudara tras aquel seudónimo. Mientras la sostenía entre las manos, tuve que pensar en *La caja del fin del mundo* del profesor De la Fuente.

Su recuerdo me parecía ahora increíblemente lejano, aunque no hacía ni dos días que había llegado a Albania.

Despegué el precinto adhesivo de la caja con un sentimiento de melancólico desamparo, como si me hubiera metido en una espiral de la que ya nadie me sacaría. Y ciertamente era así. Al abrir la tapa de madera noble, sin embargo, la sorpresa se impuso a cualquier reflexión existencial.

En lugar de la correspondencia entre Jung y Caravida, había unas cuantas cartas de tarot unidas por una goma. La primera mostraba a un viejo envuelto con una túnica y un fanal en la mano: el Ermitaño.

Dejé los arcanos sobre la cama con la impresión de ser víctima de una enorme tomadura de pelo. Si aquéllas eran las cartas que me regalaba Kynops, el asunto era aún más insólito de lo que me suponía. En el fondo de la caja, no obstante, había una cuartilla doblada en dos que hacía cierto bulto.

La levanté y de su interior cayó un fajo de billetes de quinientos euros —conté veinte en total— con una irritante anomalía que sin duda era deliberada. A todos ellos les faltaba el ángulo inferior derecho. El triángulo recortado no debía de llegar al diez por ciento de cada billete, pero bastaba para que no tuviera validez sin él. El mensaje estaba claro: sólo recibiría la parte que validaba los billetes si acudía a la cita con el millonario.

Por si tenía alguna duda, en el interior de la cuartilla doblada había una nota manuscrita con el lugar de la cita:

Teatro de Butrint

\+ + +   + + +

domingo al mediodía

No tenía ni idea de dónde estaba aquel teatro, pero ya tendría tiempo de averiguarlo. Hasta que me devolvieran el pasaporte no tenía gran cosa que hacer; estaba dispuesto incluso a asistir a un espectáculo dominical para niños.

Volví a contar los billetes antes de guardarlos en el bolsillo interior de mi americana. Si finalmente me reunía con Kynops y éste me procuraba los recortes, añadiría diez mil euros a mi maltrecha economía. Sumado a lo que ya tenía ganado, podía solucionar los gastos de los próximos seis meses. Eso si volvía vivo.

Saqué los arcanos de tarot de su goma, como si ellos me pudieran transmitir algo esencial del emisario de la caja. Tras el ermitaño, encontré la torre partida por el rayo, el diablo y el loco. Todas ellas eran cartas inquietantes. Mientras las miraba extendidas sobre la cama, recordé haber oído una vez que los arcanos reflejan los arquetipos de los que hablaba Carl Gustav Jung.

Aquélla era la única conexión que se me ocurría entre los arcanos y la correspondencia apocalíptica que me había llevado hasta allí.

Dispuesto a explorar aquella vía, me tumbé en la cama con el libro de Jung que había comprado en Múnich, mientras en la habitación contigua sonaba música clásica a todo volumen. Busqué en el índice el capítulo dedicado a los arquetipos:

> El psicoanalista suizo había descubierto que en los delirios de los locos hay unas mismas imágenes, personajes y símbolos arcaicos. Puesto que muchos de ellos no tenían contacto con la realidad, le pareció sumamente revelador. Tras comprobar que estos elementos son comunes a todas las culturas y tradiciones —también las que no habían tenido contacto entre sí—, los llamó arquetipos. Por lo tanto, además de un inconsciente individual, estos elementos formaban un inconsciente colectivo: una galería universal de personajes y símbolos con los que nacemos.

Los arquetipos han ido sedimentando en la memoria de la humanidad a través de una evolución de milenios. En palabras del profesor E. H. Grecco, «expresan una sabiduría que la conciencia del hombre desconoce, pero que existe como verdad en las profundidades de su alma transpersonal».

Tras leer este párrafo se cortó la luz, lo que coincidió con unos pasos que se detuvieron detrás de mi puerta.

Ante la posibilidad de que alguien —tal vez incluso mi vecino de habitación— hubiera manipulado el contador eléctrico, me puse en pie y busqué la linterna en la oscuridad mientras el corazón me latía violentamente.

8

Permanecí un minuto eterno detrás de la puerta apuntando al suelo con la linterna. Después de lo sucedido con el recepcionista, no podía evitar pensar que yo era el siguiente de la lista. Por otra parte, no entendía que el contenido de aquella caja pudiera despertar la voracidad de nadie, a no ser que ese nadie tuviera los recortes que faltaban a los billetes.

Pensaba en todo esto mientras esperaba algún tipo de movimiento al otro lado de la madera. Pero no se produjo. Si había alguien, se mantenía tan inmóvil como yo.

Abrí la puerta de golpe con la linterna al frente para intimidar al posible intruso, pero al otro lado sólo encontré el pasillo vacío. Perforé la oscuridad con el haz de luz en busca de un contador de electricidad, pero no estaba allí.

Tras dudar un momento, llamé suavemente a la puerta de mi vecino de pensión —el que escuchaba música clásica—, pero no respondió. Supuse que simplemente había bajado a la calle tras el apagón.

Avergonzado por mi temor, me dije que no me apetecía meterme en la cama a las diez y media de la noche. Por consiguiente, me puse la americana y bajé yo también las escaleras a ver qué pasaba.

Al salir a la calle me di cuenta de que todo el barrio estaba a oscuras. Los transeúntes se alumbraban con sus linternas, lo cual me parecía un notable ejercicio de previsión, dado que sólo hacía unos minutos que se había ido la luz.

De repente recordé lo que me había dicho el hombre del Endri al entregarme la mía, «la necesitará», y supuse que aquel corte eléctrico debía de estar anunciado. Había un pequeño supermercado abierto, iluminado por un farolillo de gas, así que pregunté al dueño hasta qué hora duraría aquello:

—Una hora, dos horas... ¿quién sabe? En este país se va la luz varias veces al día. Es constante.

—¿Y cómo es posible? —pregunté.

—Simplemente, nuestras centrales no producen suficiente energía y se colapsan. Si no tienes un generador a gasolina en casa, te quedas a dos velas. ¿Por qué se cree que no hay industria en Albania? Todas las que se han instalado han acabado cerrando por los cortes de electricidad. Entre esto y las carreteras llevamos un siglo de retraso.

En aquel momento entró una pareja de ancianos y el hombre abandonó su explicación para atenderles. Puesto que el barrio entero estaba a oscuras, no parecía muy aconsejable salir en busca de restaurantes, así que compré un poco de fruta para cenar en la habitación. No era un plan muy divertido, pero era el mejor que se me ocurría.

Mientras abría la puerta de mi habitación tuve la certeza de que había alguien dentro. Un fuerte olor a humo me puso en guardia al pasar al interior. Justo entonces expiró la pila de mi linterna.

Asustado, me apoyé contra la puerta, que se cerró a mis espaldas. Ya estaba en la ratonera. Confirmando mi sospecha, en las tinieblas brillaba intermitente el resplandor anaranjado de la punta de un cigarrillo, semejante a una débil estrella a punto de consumirse.

«Estás muerto», me dije mientras observaba aquella luz casi con fascinación. El previsible disparo en la oscuridad que terminaría con todo me había calmado extrañamente. Notaba los músculos flácidos, como si se prepararan para abandonar las tensiones de este mundo. Me sorprendí asumiendo lo que iba a pasar casi con indiferencia.

—¿A qué esperas? —hablé a la figura en tinieblas.

—¿A qué esperas *tú*? —respondió una voz ronca conocida—. ¿No vas a darme un beso?

Justo entonces regresó la luz y la vi como una aparición: Elsa estaba sentada en mi cama y sostenía en la mano derecha lo que quedaba de un cigarrillo mentolado. Llevaba un vestido negro corto y ajustado que realzaba su esbelta silueta.

—No sé a qué viene esa cara de enfado —dijo—. ¿Te disgusta que haya vuelto a fumar?

Respiré profundamente antes de responder:

—Me disgusta que te hayas escondido en mi habitación para darme un susto de muerte. Por cierto, ¿cómo has entrado? ¿Has forzado la cerradura?

—Te habías dejado la puerta abierta, tontorrón

—respondió mientras se levantaba para echarme los brazos encima.

Me abrazó pegando su cuerpo al mío más allá de lo fraternal, lo que me provocó una sofocante excitación. Con la mejilla pegada a mi pecho empezó a hablar cerrando los ojos:

—Tenía miedo de que te hubiera sucedido algo. Éste es un país muy extraño.

—Más extraña eres tú —dije separándome de ella con suavidad—. ¿Quién te ha mandado venir? ¿Cómo me has encontrado?

—He venido por mi cuenta y riesgo. Mi padre nunca lo aprobaría.

—¿Cuánto hace que estás aquí? —pregunté sin salir de mi asombro.

—Acabo de llegar. Y encontrarte no ha sido nada difícil: desde el aeropuerto de Múnich he llamado a todos los hoteles de la guía para preguntar por ti. Tampoco son tantos.

—Eso ha sido una locura —repuse sentándome en la cama mientras ella me observaba de pie—. Te acabas de cargar mi anonimato. En cualquier momento pueden venir y…

—Nadie vendrá —aseguró con una sonrisa de chica traviesa—. ¿Te piensas que he dado tu nombre? Simplemente, he preguntado por un americano con tu descripción. El único teléfono que no ha contestado es el Endri, así que he tomado habitación por si acaso. Reconozco que he tenido algo de suerte.

Terminadas las explicaciones, Elsa se sentó a mi lado y levantó los pies para mirarse unos zapatos negros de tacón. Entendí que había «desconectado», tal como le sucedía a veces, y ahora se hallaba inmersa en sus pensamientos.

Mi mirada se dirigió acto seguido a la caja de Kynops, que continuaba sobre mi maleta tal como la había dejado. O Elsa no la había visto o bien era una gran farsante que se las daba de excéntrica.

Al ver la bolsa de fruta que había dejado caer al suelo, comenté:

—Tengo hambre. ¿Vamos a cenar?

—Me parece una gran idea.

9

Cenamos en la terraza del Villa Ambassador, un lujoso restaurante que ocupaba lo que antes había sido una embajada. Al ser hija del hombre que me contrataba, me sentí en la obligación de contar a Elsa todos los detalles de lo que había sucedido desde mi llegada a Tirana, incluyendo el asesinato del recepcionista y el asunto de la caja.

Ella me escuchaba con atención mientras daba pequeños sorbos a una copa de vino tinto. Además del modelito ceñido, se había soltado el pelo y llevaba los ojos pintados, lo que le daba un aire muy latino.

—Tú también podrías ser griega —le comenté tras hablarle de Spiro y su asistente, quien aún debía de estar esperándome en la oficina.

—O iliria —respondió Elsa tomando aquel comentario como un cumplido—. Los albaneses proceden de esa etnia, que es anterior a los griegos. Si visitas el museo, verás grabados con doncellas que se parecen a mí.

—¿Cómo lo sabes? —pregunté extrañado—. Acabas de llegar.

—He hecho los deberes antes de venir. Soy curiosa por naturaleza.

—Entonces ya debes de haber mirado la caja —dije mientras comprobaba discretamente que los billetes con la nota y las cartas seguían en el bolsillo interior de mi americana.

—Ni la he mirado, porque supuse que estaba vacía. No te creo tan tonto para salir del hotel dejando eso allí —comentó jugando con un tirabuzón de su pelo.

—Supones bien. En todo caso, las cartas que me ha mandado Kynops tienen sólo un valor simbólico —expliqué mientras desplegaba los cuatro arcanos sobre el mantel—. No entiendo qué quiere transmitirme.

—Haz el favor de hablar en plural. Ahora estamos juntos en esto. Puedes quedarte con el dinero, pero quiero acompañarte a donde vayas.

—¿Has venido a vigilarme? —protesté.

En lugar de contestar, se dedicó a estudiar las cartas con gran atención. En primer lugar estaba El Ermitaño, luego La Torre partida por el rayo, El Diablo y El Loco. Elsa posó el dedo índice sobre la figura del anciano envuelto en una túnica con el fanal, como si quisiera tomar contacto con la esencia secreta de la carta.

—Yo creo que el Ermitaño es mi padre: un hombre huraño y solitario que va iluminando el pasado.

—Sigue.

—El Diablo es el mismo Kynops, que nos atrae hacia él.

—Y deduzco que yo soy el loco —dije mientras troceaba una escalopa con salsa de yogur—, por aceptar una misión comandada por el diablo.

Elsa apoyó sus dedos largos y blancos sobre el arcano número cero, que mostraba un muchacho al borde de un precipicio con una flor blanca en la mano. A su lado, un perro blanco se alzaba con alegría, a riesgo también de acabar en el fondo del barranco.

—¿Y qué me dices de la Torre partida por el Rayo? Espero que no sea el oráculo de lo que nos espera.

Entendí que era una carta de mal augurio, ya que en ella se veía una torre alcanzada por un relámpago de la que caían dos figuras humanas.

Tal vez porque no sabía qué decir, Elsa dio por terminada la interpretación de las cartas pidiendo la nota al camarero. Luego cambió el tono entre lúdico y seductor por otro repentinamente serio:

—Creo que deberíamos ir a ver a Spiro. Si tiene algo importante que decirnos, tal vez estemos perdiendo un tiempo precioso.

Mientras nos dirigíamos en taxi a la dirección que me había dado Cora, hubo un nuevo corte de electricidad, por lo que nuestra llegada a Spiro Export fue más siniestra aún de lo esperado.

Tras pagar ochocientos lëkë, el taxista nos dejó frente a un callejón en algún lugar del Blloku. Al final del mismo había una estrecha torre de oficinas que se parecía curiosamente a la del arcano. En medio del apagón, había una débil luz en la ventana superior, lo que me hizo suponer que Spiro era de los afortunados que disponía de un generador eléctrico.

—Nos esperan —dije mientras miraba atrás para asegurarme de que nadie nos seguía; aquel callejón era el lugar ideal para una emboscada.

Busqué en la entrada algún tipo de interfono, pero sólo había una puerta metálica con el grabado «Spiro Export». Ni siquiera tenía cerradura, como si fuese un lugar permanentemente cerrado. Mientras Elsa me observaba un par de pasos detrás de mí, necesité unos segundos para entender que aquella puerta siempre estaba abierta y sólo había que empujarla.

—¿Quieres esperarme aquí abajo? —le pregunté.

—No, prefiero subir contigo a quedarme sola en este callejón.

En la escalera de Spiro Export hacía un calor sofocante y apestaba a carbonilla. Costaba figurarse cualquier tipo de actividad comercial en un lugar tan hostil, así que supuse que lo de los vinos y el aceite era una pura tapadera.

Gracias a un paquete de pilas que me había procurado el camarero del Villa Ambassador, al que habíamos dado una generosa propina, pude iluminar nuestro camino. A medida que subíamos, sentí la inquietud del espeólogo que teme que le caiga el techo encima.

Al llegar a la tercera y última planta, me di cuenta de que aquella aprensión era justificada. La puerta estaba totalmente abierta y del fondo del local llegaba un fuerte olor a quemado.

—¡La Torre herida por el rayo! —exclamó Elsa, que ante mi indecisión se metió en el pasillo que debía de dar a los despachos.

Me cubrí la cara con un pañuelo y fui tras ella en dirección a la fuente del humo. Al llegar a la oficina cuyas ventanas daban al callejón, me di cuenta con horror de lo que originaba aquel olor. En el centro de la sala había un cuerpo ya carbonizado.

Por su altura y por la estrechez de los hombros supe que era Cora, o lo que quedaba de ella. El cadáver estaba replegado sobre sí mismo, como si al saber que iba a morir hubiera adoptado una posición fetal.

La estancia estaba iluminada por un foco amarillento que debía de estar conectado a un generador en el sótano. Aquella luz había permitido que pasaran desapercibidas las llamas, en un crimen tan brutal como calculado. Supuse que Cora había sido amordazada para silenciar los gritos, y luego rociada con la gasolina justa para que el cuerpo se consumiera lentamente. Podía haber ardido todo el edificio, pero la estructura de hormigón no había prendido. En todo caso, se trataba de un asesinato reciente, pocas horas después de nuestra conversación telefónica.

Mientras deducía todo esto para no sucumbir al pánico, me di cuenta de que había olvidado a Elsa. Al buscarla con la mirada la encontré tendida en el suelo. Se había desmayado.

10

—Necesito una copa —dijo Elsa con un ligero temblor en el labio inferior.

Tras aquel descubrimiento infernal, había tenido que cargar con ella al hombro y bajar las escaleras como un raptor. No había recuperado el sentido hasta salir del callejón. Desde allí, habíamos caminado en silencio hasta mezclarnos con las multitudes en el centro del Blloku aquel viernes por la noche. Había vuelto la luz.

Me apoyé en un árbol a recobrar el aliento. Entre el barullo de bares y coches detenidos con la música a todo volumen, varios niños vociferaban para tratar de vender un cartón de tabaco.

—Cada hora que pasa me siento más cerca del infierno —dije.

Entramos en el Lazy Lizard, un bar de rock atestado de gente donde al menos pasaríamos desapercibidos. Al final de una larga barra había un pequeño escenario. En aquel momento una banda hacía pruebas de sonido.

Mientras esperaba a que el camarero nos sirviera, me dije que alguien tenía mucho interés en cortarme los puentes que conducían a Kynops. El recepcionista había muerto por haber hablado con Spiro, y Cora había corrido la misma suerte tras intentar reunirse conmigo.

Faltaba saber dónde estaba Spiro y qué relación tenía con aquel infierno. Por otra parte, tanto Elsa como yo estábamos ahora en el disparadero por razones obvias. Y lo peor de todo era que yo no podía abandonar el país hasta que recuperara mi pasaporte. Tras aquellos acontecimientos se perfilaban para mí dos destinos igual de funestos: que me mataran, o bien que me relacionaran con los crímenes y me encerraran en una cárcel albanesa.

El grupo de rock del Lazy Lizard ponía ahora banda sonora a este panorama con un tema de

Chris Rea muy adecuado para el momento: *Road to hell.*

And there's nothing you can do
*It's all just pieces of paper flying away from you...**

—Qué porquería de versión —dijo Elsa, que parecía sentirse a salvo entre aquel bullicio.

—A mí me suena bien.

—Eso es porque no conoces la original. Se están saltando estrofas enteras de la letra. ¿No te has dado cuenta?

Un camarero teñido de rubio pollito nos sirvió dos cervezas Tirana. Mientras me llevaba el cuello helado de la botella a los labios, me dije que aquella marca era lo único que delataba que estábamos en Albania y no en cualquier otra capital europea.

—¿Sabes que eres algo desconcertante? —comenté—. Parece que no te enteras de nada, pero estás en todo.

—Digamos que mi atención es algo caprichosa.

---

* Y no hay nada que puedas hacer / Sólo trozos de papel que se alejan volando de ti...

Puedo saberme la letra de una canción o el fragmento de una novela, pero me olvido de cosas muy simples: por ejemplo, mi edad.

—Treinta y tres —dije con retintín.

—Ahí has fallado. Desde esta medianoche tengo treinta y cuatro.

—Felicidades —repuse chocando mi botellín con el suyo—. No se puede decir que la fiesta haya empezado de forma muy brillante.

—Todo puede mejorar. Démosle una oportunidad a la noche: podría ser la última de nuestra vida.

Acabado el concierto de versiones, el público del Lazy Lizard abandonó la sala en busca de otros bares donde proseguir la fiesta. Quedaban los irreductibles que uno puede encontrar en cualquier club nocturno europeo: jóvenes que no han encontrado todavía su lugar en el mundo, junto con maduros que han entendido que están definitivamente fuera de lugar.

Una vez en la calle, me asaltaron las imágenes del cuerpo calcinado y del recepcionista con el balazo en la frente.

—Hay que moverse —dije sin una idea clara de lo que podíamos hacer—. Si nos quedamos en Tirana, más pronto que tarde nos freirán.

—Pero me has dicho que no tienes tu pasaporte —comentó Elsa repentinamente juiciosa.

—Cierto. Y no sé cuándo lo voy a recuperar. Después de lo de Spiro Export, si atan cabos es posible que la policía tenga unas cuantas preguntas para mí. En todo caso, no me han dicho que no pueda moverme por el país.

—¿Y adónde quieres que vayamos?

De repente visualicé la portada de la guía Bradt, donde se veía una costa desierta y pedregosa azotada por las olas. La Riviera Albanesa.

—Podríamos refugiarnos en alguna aldea de pescadores en la costa. Es prácticamente virgen, así que nadie nos encontrará allí. El teatro de Butrint puede abrir el telón sin nosotros —dije en referencia a la cita anotada por Kynops en la cuartilla.

—¿Abrir el telón en Butrint? —rió Elsa—. ¡Pero si es un teatro griego!

De repente me sentí sumamente ridículo. Apreté el paso como si así pudiera huir del prototipo del americano ignorante.

—Parece ser que es el único lugar de Albania que recibe cierto turismo —añadió ella—, sobre todo de veraneantes de Grecia.

—Te has empollado bien la guía. ¿Por dónde cae Butrint?

—Está en el extremo sur de Albania, no muy lejos de Saranda.

«Saranda», repetí para mis adentros con cierta fascinación. Era la ciudad costera de la que había hablado Spiro. Cerca de allí estaba la casa del misterioso personaje que movía los hilos de aquella locura. Y ahora me citaba entre unas ruinas griegas. El hecho de que fuera un punto de interés turístico nos daba cierta seguridad, sobre todo tratándose de un domingo al mediodía. Supuse que se trataría de un encuentro al amparo de las multitudes.

—¿En qué piensas? —preguntó Elsa al llegar a la calle de nuestra pensión.

—Creo que podemos ir a Saranda y decidir sobre la marcha —dije pensando en los diez mil euros por componer—. La casa del millonario parece un lugar seguro mientras amaina el temporal. Spiro dijo que me estaba esperando.

—Recuerda que ahora somos dos —apuntó Elsa mientras abría la puerta del Endri—. Tienes que empezar a hablar en plural.

—¿Y qué le diremos a Kynops o como se llame?

—Dile que soy tu esposa.

11

Habíamos decidido salir en el primer autobús de la mañana para poder estudiar el terreno un día antes de la cita. Además, cada hora que pasáramos en Tirana aumentaba nuestras posibilidades de engrosar el número de los caídos.

Dicen que el personal sanitario es más activo sexualmente porque trabajan cerca de la muerte. Tal vez por ese mismo efecto empecé a mirar a Elsa con un deseo creciente. Aunque apenas teníamos tres horas para dormir, el monje que debía de habitar en mi interior un año entero se disponía a colgar los hábitos.

Al abrir la puerta de mi habitación, sin embargo, vi asombrado como ella hacía lo propio con la suya. Al leer el estupor en mi cara preguntó maliciosa:

—¿Qué te pasa?

—Me pasa que dos camas dobles me parecen demasiadas para un hombre solo —dije espoleado por el alcohol.

—¿Y pretendes que ocupe una de las camas? ¿Por quién me tomas?

Había dicho eso con expresión enfadada. Al recordar su visita nocturna en casa de Desmestre, me dije que sólo había dos posibilidades: o era un carácter bipolar o disfrutaba tomándome el pelo.

Cuando ya pensaba que me cerraría su puerta en las narices, dijo en alusión al mismo episodio:

—Te tenía por un hombre de principios, Leo. De esos que esperan al matrimonio para desflorar a la chica. ¿No eres así?

—Me mueve algo distinto —respondí a su burla—. Soy algo así como un chico zen que aspira a librarse del deseo, pero no siempre lo consigue.

Elsa hablaba apoyada en el marco de la puerta cruzando las piernas con coquetería.

—Librarte del deseo... Eso puede llevar toda una vida.

—Y con una mujer como tú puede llevar dos vidas incluso.

Elsa respondió a mi galantería con una risita infantil. Luego me agarró la cabeza y me dio un beso en la frente.

—El chico zen ya se puede ir a su camita.

—Pues no veo el momento de meterme entre sábanas —concluí con toda sinceridad—. Esta ciudad me agota.

—¿Y qué esperabas de Tirana?

Cerró estas palabras despidiéndose con la mano antes de meterse en su habitación. Luego oí girar la llave.

Con la tentación a buen recaudo, desfilé hacia mi cuarto para desplomarme sobre la cama más cercana. A duras penas había tenido fuerzas para apagar la luz.

Tras una respiración profunda, noté como me hundía en un sueño que prometía ser corto pero profundo. Antes de desasirme definitivamente de la conciencia, sin embargo, oí dos golpecitos en la puerta. Estaba tan cansado que estuve tentado de hacerme el muerto y no atender a la llamada, pero finalmente me levanté para ver qué pasaba.

Como no podía ser de otro modo, encontré a

Elsa al otro lado. Llevaba un camisón semitransparente, pero yo tenía los ojos tan hinchados por el sueño que no veía nada.

—He pensado que me gusta más tu habitación —anunció—. La mía es demasiado pequeña. ¿Puedo?

—Puedes, pero cierra tú misma la puerta —dije mientras me acostaba de nuevo.

Cuando Elsa apagó la luz, deseé en la oscuridad que entrara en mi cama para poder abrazarla, pero oí decepcionado como sus pasos suaves pasaban de largo para meterse en la otra cama.

—Ahora ya no puede ser —habló en la oscuridad, como si me hubiera leído el pensamiento.

—No te entiendo —mentí—. ¿De qué me hablas?

—De follar, tonto. Ahora que somos compañeros de trabajo, debemos guardar las formas.

—Pues es una lástima —bostecé—. Hubiera sido la única satisfacción en medio de este berenjenal.

Elsa no respondió. Sin motivo especial, antes de dormirme me vino a la mente Montserrat y la tarde fatídica de domingo que ella me había dejado el sobre. Sólo habían pasado cinco días, pero habían sido suficientes para convertir mi vida en una aventura tan desesperada como incontrolable.

—No te duermas aún, tengo una pregunta —le hablé—. Mejor dicho: dos.

—Que sean facilitas, tengo mucho sueño.

—Lo son. Pregunta número uno: ¿qué hacías en Montserrat cuando aprovechaste para traerme el sobre, según tu padre?

—Hacía un retiro de fin de semana.

—¿Sola?

—Pues claro. Los retiros se hacen a solas. ¡Qué pregunta!

—¿Y qué necesidad tenías tú de hacer un retiro? No puede decirse que tu vida en Gerona fuera muy estresante que digamos.

—¿Tengo que tomármelo como una impertinencia o es la segunda pregunta?

—No, la segunda pregunta es otra. Si no te apetece, no la contestes, pero es algo que me preocupa. En casa de tu padre él dijo que no podías beber alcohol porque tomabas medicación. Sin embargo, yo te he visto beber en Le Bistrot y también aquí en Tirana. ¿Cómo es posible?

—Muy fácil: bebo cuando mi padre no está delante para regañarme.

—¿Y la medicación?

—Cuando voy a salir, simplemente, no me tomo la pastilla.

Al oír esto me alegré interiormente de que no hubiera pasado nada entre nosotros. Elsa me parecía ahora un ser desvalido y vulnerable.

—Pero esa pastilla —insistí— ¿para qué es?

Escuché cómo ella respiraba profundamente en la oscuridad. Parecía que dudara entre responder o cerrar la conversación con un buen corte. Al final optó por una respuesta breve:

—Dicen que tengo demasiada imaginación.

12

Había dormido poco más de una hora cuando la alarma de mi móvil sonó a las seis de la mañana. Para mi sorpresa, Elsa ya estaba vestida y me observaba con la maleta hecha a sus pies.

Camino de la ducha, experimenté un leve mareo que me hizo flaquear las piernas. Ya bajo el chorro de agua caliente, me alegré de dejar Tirana de una vez. Soñaba con playas desiertas batidas por el oleaje. Un lugar para olvidarme del mundo y que el mundo se olvidara de mí.

La ducha y la perspectiva de un cambio de aires me habían reanimado. Elsa, en cambio, se mostraba extrañamente silenciosa, como si la falta de sueño la tuviera hipnotizada.

Tomamos un taxi en dirección a la estación de autobuses. El chófer era un anciano locuaz que parecía encantado de llevar a dos extranjeros. Para celebrarlo, puso en su equipo de música la actual reina del pop albanés: una cantante melódica de influencias arábigas llamada Poni, que tuvo un inmediato efecto narcótico sobre Elsa.

—¿Van a Kruja? —preguntó el taxista.

—No. ¿Dónde está eso?

—Es una fortaleza cerca de Tirana. Allí resistió Skanderbeg, nuestro héroe nacional, el ataque de los turcos. ¡Hasta cuatro asedios! —tras explicar esto, su tono de voz se dulcificó—. Si quieren que vayamos, les puedo arreglar el precio.

—Tal vez en otra ocasión —contesté tratando de ser diplomático—. Queremos ir a la playa.

—Magnífico. Si van a Durrës, a Vlora incluso, también les puedo llevar. No tomen el autobús, es muy incómodo.

—De hecho, vamos más al sur: a Saranda.

—Saranda... —musitó sorprendido—. Es un lugar fantástico, pero no puedo llevarles hasta allí.

—¿Por qué? Tengo entendido que son 270 kilómetros.

—Por eso mismo. Mañana al mediodía bautizan a mi nieto por el rito ortodoxo. No puedo faltar.

Dado que aún no eran las siete de la mañana, no comprendía por qué un bautizo que se celebraba un día después impedía ir y volver de Saranda. Aún no conocía la carretera albanesa norte-sur.

La estación de autobuses de Tirana resultó ser una calle polvorienta en las afueras de la ciudad, donde los conductores de furgonetas privadas vociferaban enloquecidos para captar viajeros.

A recomendación del taxista, desoímos los cantos de sirena y optamos por el autobús público que estaba a punto de salir. Me sorprendió que a aquella hora temprana, siendo finales de junio, estuviera a rebosar de pasajeros.

—A los albaneses, cuando tienen que viajar, les gusta madrugar —explicó el taxista—. Ya sabrán por qué.

Tras acomodar nuestro equipaje en las bodegas del autobús, encontramos un par de asientos en la penúltima fila. Minutos después iniciamos la marcha por los barrios periféricos de Tirana, donde el autobús se detuvo una docena de veces a recoger pasajeros. Un eficiente cobrador dirigía la logística correteando por el pasillo con un voluminoso monedero atado al cinturón.

Elsa había vuelto a sucumbir al sueño y se había plegado sobre mis piernas con mi americana como almohada. Por mi parte, me había entregado a la contemplación de aquel país inesperado, que corría frente a mi ventana con una lentitud exasperante.

Hasta la salida de Tirana habíamos pasado por innumerables gasolineras, a veces separadas entre sí por sólo unos cientos de metros. Daba la impresión de que vender gasolina era el único negocio rentable en Albania.

Una vez fuera de la capital, desfilamos por una carretera infernal en medio de un paisaje árido y montañoso. Además de transitar a paso de caracol, el autobús se detenía cada pocos kilómetros a causa de obras de reparación que obligaban a hacer complicadísimas maniobras para superar el tramo.

Llevábamos poco más de cincuenta kilómetros recorridos en dos horas, cuando una excavadora que llenaba un enorme socavón en el firme nos paralizó definitivamente. El autobús abrió puertas y el pasaje bajó resignado a tomar el aire.

Yo no podía moverme porque Elsa dormía profundamente sobre mi regazo, donde emitía periódicamente suspiros entrecortados, así que tomé el libro de Jung mientras los pasajeros fumaban y charlaban afuera.

Volví sobre el capítulo dedicado a los arquetipos, un tema que también parecía interesar al enigmático Kynops. Al parecer, Jung había utilizado por primera vez aquel término en 1919, aunque era algo a lo que daba vueltas desde hacía años.

Entre los personajes que habitan el inconsciente colectivo —leí— está el anciano sabio, al cual encontramos en todas las épocas y culturas. En la mitología celta se identifica con Merlín, por ejemplo, y en el tarot se correspondería con el Ermitaño.

Las leyendas y cuentos de hadas de todas las tradiciones comparten una galería de arquetipos asombrosamente coincidente. Algunos seres simbólicos que aparecen en ellos son herencia de un pasado prehumano: la serpiente embaucadora, el dragón que escupe fuego, los demonios y otros monstruos pertenecen a un tiempo ancestral mitológico, pero por algún motivo siguen habitando nuestro inconsciente.

Entre las figuras humanas que encontramos en el ADN común de la humanidad está el héroe que lucha contra seres maléficos —llamados por Jung sombras— y que debe rescatar la princesa o doncella, un arquetipo que representa la pureza.

Me divirtió leer que George Lucas había procurado que en la primera parte de *Star Wars* aparecieran los arquetipos fundamentales. A fin de cuentas, es la historia de un héroe, Luke Skywalker, que debe rescatar a la princesa Leia de las fuerzas del mal, guiado por el anciano sabio: primero Obi Wan Kenobi y luego el maestro Yoda.

También el hombre original —Adán y Eva para los occidentales— y el concepto de Dios son universales. De hecho, Jung afirmaba que tras muchos ritos religiosos se oculta la celebración ancestral de los arquetipos. Así, el cristianismo encarna en la Virgen María la figura eterna de la madre, y la adoración navideña del niño Jesús es una manifestación del arquetipo niño, que también simboliza el futuro.

La salida del sol tiene asimismo un significado sagrado para todas las culturas, y ha sido utilizada por las religiones desde las civilizaciones más primitivas. Todo eso significaba que los seres humanos somos poco originales a la hora de escoger nuestros símbolos.

Dejé la lectura en este punto, agotado por la falta de sueño y por el sol que había convertido el autobús en un horno, ya que al detenerse cesaba el aire condicionado.

Mientras se me cerraban los ojos, entendí que las compuertas del sueño se abren para que en el teatro universal de los arquetipos se represente una función simbólica. La mayoría de estos mensajes quedaban albergados para siempre en el inconsciente, y sólo aflorarían al conocimiento en forma de intuición.

Sólo por alimentarla ya valía la pena echarse a dormir.

13

Cinco horas después de haber partido, aún no habíamos alcanzado el ecuador del viaje. Tras un penoso traqueteo por la indefinible carretera norte-sur, el autobús se detuvo en algo parecido a un área de servicio.

Había un bar de la cadena Don Café, donde curiosamente no se podía tomar esa bebida ni ninguna otra caliente.

—No energía —dijo el propietario encogiéndose de hombros.

Decepcionado, fui a sentarme a la terraza desde donde Elsa contemplaba el paisaje a través de sus gafas de sol. Teníamos ante nosotros una barrera de montañas rojizas que parecían incandescentes bajo el resplandor del mediodía.

Un grupo de ancianas discutían animadamente ante el lavabo de hombres, que junto al muñeco masculino mostraba el rótulo BURRA. Supuse que significaba *hombres*.

Al otro lado de la carretera, un búnker cubierto de pintadas brotaba de la tierra como una seta de hormigón. Había leído en la guía que eran prácticamente indestructibles, por lo que el gobierno ya había renunciado a tratar de desarmarlos.

Me acerqué a mirarlo de cerca, pero un olor nauseabundo hizo que diera marcha atrás. El cobrador del autobús, que había observado divertido la escena, levantó la voz para decirme en un inglés pedestre:

—¿Sabía que en Albania tenemos la mayor red pública de lavabos del planeta?

Antes de que pudiera responder, el hombre concluyó:

—Setecientos mil búnkers repartidos por el país donde se mea todo el mundo.

Cerró estas palabras con una sonora carcajada. Luego alzó la mano a modo de despedida y subió nuevamente al autobús, que ya tenía el motor en marcha.

Diez horas más tarde de haber salido de Tirana logramos completar los 270 kilómetros hasta Saranda. El último tramo había sido épico, ya que el viejo autobús tuvo que encaramarse por una pista de montaña, bordeando precipicios, y luego bajar por la ladera opuesta.

Y de repente vimos el mar.

Después de toda una jornada por valles áridos, el manto azul del Mediterráneo surcado por las nubes refrescaba el ánimo. También Elsa rompió un largo silencio y, sonriendo abiertamente, me cantó al oído entre susurros:

—*La mer au ciel d'été confond ses blancs moutons avec les anges si purs...* *

—Conozco esa melodía —dije de buen humor—. Creo que alguien la cantaba en inglés.

—Es posible, porque hay más de cuatrocientas versiones de esta canción. Todo un récord.

—¿Cómo sabes esas cosas?

—¿Esas cosas inútiles, quieres decir? Hice un trabajo sobre el autor, Charles Trenet, cuando estudiaba francés en el instituto.

---

* El mar / en el cielo de verano se confunden / las nubes blancas / con los ángeles puros...

El autobús completó la bajada por la ladera hasta entrar en una selva de bloques de apartamentos, la mayoría en construcción. Tras bordear varias calles llenas de familias que paseaban distraídamente, finalmente estacionó en un descampado. La voz estridente del conductor por los altavoces confirmó que habíamos llegado:

—Saranda.

Nos habíamos dejado llevar por la insistencia de un guía local, que no se despegó de nosotros hasta que aceptamos alojarnos en el Kaonia, un hotelito en primera línea de mar regentado por un griego.

Por tres mil lëkë —unos veinticinco euros— obtuvimos la única habitación libre de todo el hotel. Al parecer se había llenado con una promoción destinada a funcionarios albaneses que adelantaban sus vacaciones para cubrir el turno estival de sus compañeros.

—Si nos dan una cama de matrimonio, vas a dormir en el suelo —me advirtió ella tratando de parecer seria.

Afortunadamente, bastó con la documentación

de Elsa para inscribirnos. Junto con la llave, el recepcionista nos entregó un sobre. Supuse que se trataba de folletos turísticos con actividades que se podían hacer en Saranda, que era mucho menos bucólica de lo que me figuraba.

Mientras subíamos al primer piso por unas escaleras impolutas experimenté, por primera vez desde que había salido de Gerona, una repentina sensación vacacional. Al mismo tiempo tenía mala conciencia de sentirme así, por todo lo que había pasado y porque hacía dos días que no hablaba con Ingrid. Mientras Elsa abría la puerta de la habitación, me prometí llamarla aquella misma tarde.

Había una sola cama de matrimonio, pero por la risita pícara de mi acompañante entendí que no tendría que dormir en el suelo.

Tras soltar nuestro equipaje y explorar la vista desde el balcón —a aquella hora el mar mostraba una tonalidad azul cobalto—, me senté al borde de la cama para abrir el sobre. Al ver su contenido estuve a punto de caerme al suelo: eran cartas de tarot.

Por el estilo de las ilustraciones y el grosor del cartón, pertenecían al mismo juego del que ya tenía cuatro cartas. Estaban unidas por una goma idéntica a la que había encontrado en la caja sellada.

—Este Kynops debe de ser mago —dije mirando justamente ese arcano encima del montón—. De otro modo, no entiendo cómo ha sabido que acabaríamos aquí.

—No seas ingenuo —respondió Elsa—. ¿Por qué crees que el guía tenía tanto interés en traernos? Ni siquiera ha esperado a que le diéramos propina.

—Entonces estamos vigilados.

—Más que eso: nuestra vida está en sus manos. ¡Esto es el culo del mundo! Nada más fácil que hacer desaparecer a un par de extranjeros molestos y luego arrojarlos al mar.

—¿Sugieres que el millonario puede tener interés en matarnos? ¿Qué sentido tendría entonces hacernos venir hasta aquí? Ha tenido cien ocasiones en Tirana para eso.

—No sé quién es Kynops —dijo Elsa con la mirada fija en el mar—, pero intuyo que se trata de un tipo teatral. Ha demostrado que no le gustan las cosas sencillas. Necesita escenificar sus paranoias.

—Eso explicaría la cita en el teatro griego de Butrint —añadí sorprendido por aquel arrebato de lógica.

—Lo del teatro es la mejor noticia que hemos tenido hasta el momento. Al menos garantiza que nos divertiremos esta noche.

—¿Por qué lo dices?

—Porque significa que seguiremos con vida al menos hasta mañana al mediodía.

14

A las seis de la tarde todavía quedaban unas horas de claridad, así que celebramos que seguíamos vivos con un poco de playa. La mayoría de los bañistas ya se habían retirado al hotel a cambiarse para la cena. Sólo tuvimos que cruzar el paseo marítimo para encontrar todo un arenal para nosotros.

Un suave viento marino había desplazado el aire tórrido. Mientras contemplaba el horizonte, me dije que aquél hubiera sido un momento idílico, a no ser por los altavoces instalados en la misma playa, que escupían música máquina sin cesar. Los hilos musicales atronadores eran una constante en aquel país.

Mientras yo dudaba entre darme el primer baño de la temporada o bien holgazanear en la toalla, Elsa se quitó en un suspiro su vestido de verano y arrancó a correr en biquini hacia el agua. Contemplé admirado como, sin pensárselo dos veces, se zambullía en un mar que aún debía de estar frío. Las rápidas brazadas que daba para calentarse me acabaron de convencer de quedarme en seco.

Me tumbé sobre la toalla mientras sonaba el hit de Poni, el mismo que había puesto el taxista en Tirana aquella misma mañana. También la capital de Albania empezaba a quedar lejos. Tal vez fueran los efectos colaterales de vivir peligrosamente.

Estaba pensando en el invisible Kynops y sus malditas cartas —las de Jung y los arcanos—, cuando Elsa me cayó encima como un anfibio mojado. Con un rápido movimiento me había inmovilizado manos y pies, mientras de su cuerpo resbalaban sobre el mío gotas saladas.

—¡Trata de liberarte! —me desafió en un tono casi infantil.

Incluso desde una distancia tan corta —Elsa estaba a cuatro patas—, quizás por efecto del agua fría su cuerpo escuálido se veía tenso como el de una chica. Sus cabellos mojados me hacían cosquillas en el pecho.

—Tengo que reservarme para cuando llegue el verdadero peligro —dije aparentando tener el control de la situación—. No puedo dilapidar energías hasta entonces.

—Habló el chico zen —repuso burlona—. Y ¿qué consideras tú que es el verdadero peligro?

—Es cuando ya no puedes elegir entre permanecer pasivo o actuar, porque la inacción conduce a la muerte. En esas situaciones tenemos el instinto de supervivencia como piloto automático.

Elsa me soltó súbitamente y se dejó caer enfurruñada a mi lado, como si no le hubiera gustado lo que había dicho. Luego cerró los ojos y me dio la espalda.

Al caer la noche abandonamos la playa para curiosear por el animado paseo marítimo. Había un pequeño parque de atracciones infantil y muchos puestos donde vendían mazorcas de maíz tostado.

La mayoría de los paseantes eran familias vestidas con sus mejores galas, en la mayoría de los casos más bien modestas. También había pequeños grupos de hombres jóvenes, que caminaban muy erguidos con los pantalones ceñidos. Aquel ambiente equivalía al de una pequeña y conservadora aldea americana un sábado por la noche.

Elsa entró en una tienda de souvenirs y levantó entusiasmada un cenicero blanco en forma de búnker, con tapa y todo.

—¿No te parece alucinante? —exclamó—. En París te venden la Torre Eiffel de plástico, en Londres, el Big Ben... y en Albania el búnker es su principal monumento.

—Me parece un ejercicio de buen humor —comenté—. ¿Por qué no le compras uno a tu padre? No desentonará en su taller lleno de cachivaches.

Para mi asombro, Elsa reaccionó a este comentario abandonando sonoramente el souvenir en el estante. Tras mirarme con rabia, dio media vuelta y empezó a caminar sola en dirección al hotel.

—No te entiendo —argumenté a su lado—, pero disculpa si por algún motivo mi comentario te ha molestado.

—Es cosa mía, no me hagas caso —repuso sin aflojar el paso.

Caminamos sin hablar todavía un par de minutos hasta que Elsa se detuvo de repente y me dijo muy seria:

—Sólo te pediré una cosa, no me preguntes por qué: mientras dure todo esto, no quiero hablar de mi padre. ¿Entendido?

Tras un par de horas haciendo tiempo, como si a ambos nos intimidara el momento de llegar a la habitación, a las once volvimos al Kaonia. Antes de tomar la escalinata al primer piso, me dirigí al propietario griego, que se hallaba tras el mostrador:

—Me gustaría saber quién le dejó el sobre que tan amablemente nos ha entregado esta tarde.

—Oh, era un compatriota —repuso muy tranquilo.

—¿Compatriota de quién? —pregunté—. ¿Era un americano?

—No, quiero decir que era un albanés de origen griego, como yo.

—¿Y dejó su nombre?

—A mí no me dejó dicho nada. Se limitó a entregarme el sobre.

Elsa acudió al rescate para desbloquear aquel interrogatorio fallido.

—Mi marido tenía una cita con un socio local para cerrar un negocio inmobiliario —intervino—, pero nos han dicho que ha regresado a Tirana para una reunión urgente. Debe de haber venido su hermano. ¿Me puede describir a ese hombre?

—Perfectamente —explicó el hotelero en tono desconfiado.

No le debía de encajar que dos extranjeros estuvieran en Saranda para especular con tochos. Puse un billete de mil lëkë sobre la mesa, pero el recepcionista no lo tomó. Parecía ofendido.

—Es sólo por las molestias. Ese sobre contenía documentación importante y celebro que el hermano de mi socio lo dejara en buenas manos.

—Era un griego típico de unos cincuenta años —explicó tomándolo al fin—. Calvo con mostacho. Bastante corpulento.

—No es él entonces —simulé pensando inmediatamente en Spiro—. Gracias de todos modos.

Una vez en la habitación, expliqué a Elsa mi hipótesis: Cora había querido advertirnos de algo la misma tarde que su jefe había desaparecido. Spiro había tenido tiempo de liquidar al recepcionista del California, y luego se había deshecho de su empleada de forma extravagante para desviar la atención.

De entrada, la policía no pensaría que el propietario de Spiro Export pondría en peligro su propiedad para efectuar un asesinato ritual.

—Sólo hay algo que no encaja —opinó Elsa—. Si Spiro tenía algún motivo para cargarse a esos dos, ausentarse de Tirana lo puede convertir en sospechoso de la policía.

—También yo puedo ser sospechoso, dado que me he marchado.

—Tu caso es diferente —repuso ella mientras pasaba a la ducha—. Siempre puedes argumentar que te aburrías en Tirana esperando tu pasaporte y te fuiste a la playa. Los extranjeros suelen hacer esa clase de cosas. Spiro, en cambio, tiene un negocio que atender.

—Eso es lo que me preocupa —dije mientras Elsa entornaba la puerta—. El hecho de que esté aquí y nos haya entregado los arcanos puede significar que su negocio es justamente liquidarnos. ¿Y si Kynops y Spiro fueran la misma persona? De hecho, son dos nombres que se parecen bastante.

El sonido del agua cayendo a chorro significaba que ella no había escuchado esto último. Ante el riesgo de abrir la puerta y que no estuviera la cortina de la ducha echada, decidí sentarme en la cama a seguir cavilando. Tenía la impresión de entender cada vez menos aquel asunto a medida que me metía en él.

Tras mi turno de ducha, al salir con el albornoz me pregunté qué me depararía aquella noche. Con Elsa cualquier cosa era esperable, aunque yo me había prometido oponerme a sus encantos con todo mi poder de resistencia, que tampoco era tan grande.

Aquella noche, sin embargo, supe que no tendría que librar ninguna batalla contra mí mismo. Se había acostado con ropa interior y una camiseta. Desde su lado de la cama, escrutaba el techo con una expresión sumamente triste.

Entré bajo las sábanas por el otro lado y apagué la luz de la lamparita. Por la ventana entraba el resplandor lechoso de la luna.

—¿Te encuentras mal? —le pregunté cauto mientras hundía mi cabeza en la almohada.

—No, sólo pienso.

—¿En qué piensas?

—Pienso en Tod.

—¿Es tu novio celoso? ¿El que está en la cárcel?

Un leve rumor de sábanas reveló que Elsa ya no miraba al techo y se había girado hacia mí.

—No, tonto. Pienso en Tod Lubitch: el chico de la burbuja de plástico.

Me quedé mudo en la oscuridad. Una vez más, no sabía de qué diablos me estaba hablando.

—Fue mi amor de juventud —siguió Elsa—. De hecho, a veces creo que sigo enamorada de él. ¿No has visto esa película?

—Pero bueno... —salté—. ¿Me estás hablando del personaje de una película?

—Sí, lo interpretaba John Travolta antes de que se hiciera famoso.

Tuve que hacer un esfuerzo descomunal para no ceder a un ataque de risa, lo que en aquella situación la habría ofendido profundamente. Me limité a esperar quieto a que contara la historia.

—Hace el papel de de Tod Lubitch, un chico que ha nacido con un sistema inmunitario extremadamente débil. Como no tiene defensas, cualquier bacteria en el aire podría matarle. Por eso está obligado a vivir en una especie de incubadora: en una burbuja de plástico.

—En un hospital, entonces —añadí.

—No, en su casa. Ha pasado toda su vida en el hospital, pero los padres han decidido convertir su habitación en una burbuja de plástico. En ella hace su vida: come, lee, estudia, hace ejercicio...

—... hasta que aparece la chica.

—¿Cómo lo sabes? —preguntó sorprendida.

—No podía ser de otro modo. Así es la vida de todos los chicos, aunque vivan en una burbuja de plástico.

—Pues bien —continuó—, un día descubre a su vecina Gina. Es una chica descarada que se pasea en biquini delante de su ventana y fuma cigarrillos. Tod se enamora de ella y ella se acaba fijando en él. ¡Es tan guapo y sensible! Empieza a visitarle, hablan de todo e incluso juntan las manos cada uno desde su lado del plástico.

—Seguro que es una de estas películas que hacen llorar.

—Mucho. Los dos se han enamorado profundamente y Tod debe tomar una decisión crucial: o se queda toda su vida dentro de la burbuja, o se arriesga a salir aunque se enfrente a una muerte casi segura.

—¿Y qué hace? —pregunté muy interesado.

—No te lo pienso decir.

Acto seguido, oí como giraba suavemente entre las sábanas y musitaba algo parecido a «buenas noches» antes de darme la espalda.

15

Me desperté abrazado a Elsa sin saber cómo había sucedido. Yo llevaba el pijama puesto y ella, su camiseta con las piernas al aire, por lo que supuse que el abrazo sólo había sido un acto reflejo durante el sueño. Mientras pensaba en todo esto, ella abrió los ojos y dijo:

—Bienvenido a Saranda.

—Pensaba que habíamos llegado ayer por la tarde —comenté.

—Nuestros cuerpos llegaron ayer, pero nosotros lo estamos haciendo ahora.

Sin entender qué quería decir exactamente con eso, me despegué de Elsa tratando de no ser brusco y salí de la cama dispuesto a recibir el nuevo día.

El cielo había amanecido totalmente despejado y el mar apenas ondeaba en la quietud de la mañana. A las nueve y media, en el paseo apenas se observaba actividad. Estuve diez minutos largos apoyado en el balcón, desde donde escrutaba el horizonte como un náufrago que espera ser rescatado.

Para los que tenían pasaporte, la salida del país estaba a tiro de piedra. En el extremo derecho de la bahía, un pequeño puerto albergaba el ferry que conectaba Saranda con la isla griega de Corfú, a una hora escasa de navegación.

El viaje estaba vetado a la práctica totalidad de los albaneses, en cambio, los comunitarios podían entrar y salir tantas veces como quisieran. Supuse que esta diferencia de rasante debía de resultar humillante para la población.

Terminado el desayuno, contactamos con un taxista para organizar el viaje a Butrint, que se hallaba a unos veinte kilómetros al sur de Saranda. Tras un rápido regateo acordamos pagarle cinco mil lëkë por el viaje de ida y vuelta, con un tiempo razonable de espera, a las ruinas más famosas del país.

A las once de la mañana nos pusimos en marcha por una estrecha carretera con vistas espectaculares sobre la costa. Mientras Elsa pegaba la cabeza a la ventanilla, yo sólo deseaba que en el teatro griego se produjera finalmente el encuentro para cerrar en breve aquella expedición.

—¿Es la primera vez? —preguntó el taxista como si le aburriera el silencio contemplativo que se había instalado en el coche—. Quiero decir, si han estado antes en Butrint.

—Nunca —se limitó a contestar Elsa.

—Es que la mayoría de los extranjeros que vienen aquí son repetidores. Conozco a arqueólogos que se acercan casi cada año.

—¿Por qué? —preguntó ella, pálida como el mármol a causa de las curvas—. ¿Cambian mucho las piedras de un año para otro?

Sin hacer caso a ese comentario rudo, el taxista explicó:

—Este lugar es el sueño de cualquier arqueólogo, porque en el mismo perímetro se encuentran ruinas ilirias, una acrópolis y un teatro griego, unos baños romanos, un baptisterio cristiano primitivo, y una fortaleza del siglo XIX. Es como viajar a través del tiempo por tu propio pie.

En el trecho final del viaje, Elsa se acabó mareando y tuvo que salir dos veces del coche a vomitar. Una vez en el aparcamiento, se quedó tendida en el asiento trasero del taxi. El conductor también permaneció en el coche, leyendo el periódico, mientras yo acudía a la cita en solitario. Y casi lo prefería así.

A las puertas del recinto arqueológico, tuve que hacer cola detrás de varios grupos de griegos que se protegían del sol con gorras de béisbol. Faltaba más de media hora para la cita cuando, tras pasar por caja, pude entrar en las excavaciones.

Pronto me encontré cruzando un frondoso bosque entre las ruinas griegas. Fascinado por aquel lugar mágico, me encaminé hacia unos restos del siglo IV a. C., el muro de los cíclopes, con un inquietante relieve de piedra en la entrada: un león matando un toro.

Desde allí di unos cuantos rodeos para visitar ruinas menores hasta llegar al teatro griego, que acaparaba el máximo número de visitantes. Miré la hora en el reloj de mi móvil y vi que todavía faltaban diez minutos para el mediodía, si es que la cita debía de producirse a la hora en punto.

Más relajado de lo que suponía, me dediqué a

estudiar los movimientos de los visitantes. En el centro del teatro, había una escuela entera atendiendo a las explicaciones de la profesora de historia bajo un sol de justicia.

En las gradas de piedra, parejas y pequeños grupos de turistas se fotografiaban en las posturas más ridículas posibles. Entre todo aquel jolgorio, al cabo de un rato descubrí una figura solitaria que me observaba fijamente. Estaba sentado en una de las grada más bajas, por eso no había reparado en él.

Llevaba pantalón corto, camisa y gafas negras, con la cabeza cubierta por un sombrero de paja. Pese a aquella indumentaria tan informal, pude reconocer desde la distancia que era Spiro. Fuera o no el millonario, me pareció inofensivo allí sentado bajo el sol, al menos mientras aquel lugar estuviera tan concurrido.

Dispuesto a aclarar la situación de una vez por todas, abandoné mi punto de observación y atravesé el teatro diametralmente para llegar hasta él, que no dejó de mirarme mientras me acercaba. Esto me acabó de encender.

—Terminó el juego —le anuncié al llegar a la grada donde estaba sentado—. Va a tener que decirme quién es usted y cuál es su papel en esta farsa. De lo contrario, pondré en conocimiento de la policía todo lo que está pasando.

Spiro no contestó. A través de las gafas ahumadas pude ver cómo me aguantaba la mirada. Presa de la impaciencia, lo agarré del brazo para zarandearlo y obligarle a hablar.

Pero nada más tocarlo sucedió algo inesperado: el griego se plegó hacia delante hasta desplomarse sobre la grada inferior. Luego el cuerpo se deslizó lentamente sobre el resto de los escalones hasta quedar inmóvil sobre la arena.

Como un toro tras la estocada final, tenía un cuchillo clavado en la espalda.

16

Aquel asesinato a la luz del mediodía me había colocado en situación de emergencia total. Si no abandonaba el país cuanto antes, acabaría igual que Spiro o la policía me cargaría el muerto.

Al llegar al taxi estacionado, el conductor seguía leyendo su periódico mientras Elsa dormía profundamente.

—¿Ya lo ha visto todo? —se sorprendió—. Hacen falta dos horas buenas para visitar Butrint y usted ha estado... —miró el reloj del coche— ¡treinta y cinco minutos!

—Lo sé, pero padecía por mi esposa —repuse mientras la besaba brevemente en los labios para completar la escenificación—. Volvamos a Saranda: quiero que la vea un médico.

Con el traqueteo del taxi nuevamente en marcha, Elsa empezó a hablar sin abrir los ojos.

—Me has robado un beso —susurró.

—Y a mí me han robado la calma. Tenemos que salir de Albania o voy a volverme loco.

Una vez en el hotel, Elsa se tendió en la cama y empezó a recuperar el color de la cara. Aunque el día no era especialmente sofocante, parecía haber sido víctima de un golpe de calor.

—No entiendo cómo puedes marearte en un coche después de aguantar la paliza del autobús —le había dicho después de explicarle lo sucedido a Spiro.

Luego ella había caído en un profundo sueño, como si la situación desesperante en la que nos encontrábamos la desbordara.

Como era delgada y ocupaba poco sitio en la cama, utilicé la parte libre para poner en orden los arcanos. Tenía la esperanza de que aquel acto me ayudara a ordenar mis ideas.

Junté los arcanos de la caja de madera con los

recibidos en el hotel Kaonia, mientras me preguntaba qué sentido tenía todo aquello. Los primeros cuatro podían sugerir un mensaje en clave, o bien representar los personajes de aquella farsa, pero resultaba difícil extraer alguna conclusión de los otros diecisiete.

Sin embargo, al ponerlos por filas siguiendo su numeración, me di cuenta de un detalle importante que en un primer momento se me había pasado por alto: faltaba una carta entre el colgado y la templanza, dos personajes aparentemente antagónicos.

El gran ausente era el arcano número XIII.

Convencido de que el millonario era o había sido —si se trataba del mismo Spiro— un hombre de ideas fijas, até el mazo de cartas con la goma y me dispuse a tomar un baño. Sin embargo, antes de que pudiera entrar en el lavabo llamaron a la puerta. Del otro lado se oyó una palabra fatídica:

—Policía.

Un sudor frío me empapó las manos mientras giraba la llave para abrir la puerta. En un segundo me enfrenté mentalmente al peor de los escenarios: me habían visto zarandear a Spiro antes de delatarse su muerte. A los ojos de un observador externo, era fácil pensar que había sido apuñalado por mi propia mano. Luego me cargarían las dos muertes en Tirana, si es que no había habido otras por el camino.

Al otro lado, sin embargo, me encontré ante una joven agente de policía con la mejor de las noticias:

—La jefatura central le devuelve su documentación —anunció mientras me entregaba el pasaporte, que acogí en mis manos como oro en barras—. Ha llegado con un agente que viajaba en el autobús de la mañana.

Tras darle las gracias diez veces y cerrar la puerta, desperté eufórico a Elsa para darle la noticia.

—Volvemos a casa. Afortunadamente, no me han relacionado con el crimen de Butrint. Lo que no comprendo es cómo han sabido que me alojaba en el hotel.

—Aunque sólo mostré mi pasaporte, tuve que apuntar el nombre de los dos en el registro del hotel —explicó Elsa entre bostezos—. Tampoco hay tantos extranjeros en Albania para que no pudieran localizarte. ¿Vamos a tomar otra vez el autobús a Tirana?

En aquella pregunta casi pude leer la decepción de que la aventura terminara allí.

—No, haremos algo mejor. Creo que a las siete hay un ferry que sale de Saranda hacia Corfú. Podemos dormir en la isla y tomar mañana un barco a Atenas. Desde allí será fácil encontrar un vuelo a Barcelona.

Sin esperar a que dijera si le parecía bien o mal aquel plan, fui a llenar la bañera para celebrar mi recobrada libertad de movimientos.

Mientras vertía gel bajo el chorro caliente, pensé en la casa deshabitada y me asaltó una nostalgia adelantada. No me hacía especial ilusión iniciar la rutina de hombre abandonado que se gana la vida dando clases de inglés. Tal vez porque la traición de Aina aún supuraba en mi interior, casi prefería dar tumbos con Elsa a aquella vida de fracasado.

Al entrar en la bañera llena de espuma, me dije que en cualquier caso no tenía elección. Albania se había convertido para nosotros en una trampa mortal; tal vez incluso para el propio millonario, que ya no viviría en sus carnes la profecía 2013.

Como si ese pensamiento hubiera logrado un inesperado eco, al reclinar la cabeza vi una inscripción en el techo que me disparó el corazón. En nuestra ausencia, alguien se había entretenido en escribir con un grueso rotulador rojo el siguiente mensaje:

¿Dónde está Kynops?

Me quedé un minuto largo boquiabierto. No podía dejar de mirar aquella pregunta que ahora yo también me hacía. Sin duda, nuestro hombre seguía vivo y había encontrado la manera —tal vez a través de un empleado de la limpieza— de lanzarnos nuevamente el anzuelo.

—Ven a ver esto —llamé a Elsa alzando la voz.

Mientras se acercaban sus pasos, me di cuenta de que la espuma de jabón se estaba diluyendo, así que añadí más gel y agité el agua con la mano para cubrirme.

Elsa se apoyó en el borde de la bañera y preguntó provocadora:

—¿Quieres que te enjabone la espalda… o que me meta contigo en la bañera?

—Las dos cosas, pero no te he llamado para esto. Mira el techo.

Al levantar la cabeza, emitió un pequeño grito de sorpresa mientras se pasaba la mano por el pelo. Luego dijo:

—Sólo por haber logrado escribir esa pregunta ahí ya valdría la pena tratar de contestarla.

—¿Para que nos maten?

—Ya lo hubiera hecho, de haberlo querido —afirmó Elsa—. Del mismo modo que se ha metido en nuestra habitación en nuestra ausencia, podría habernos cortado el cuello mientras dormíamos.

—Hablas como si Kynops en persona hubiera estado aquí. ¿Crees que es también el autor de los crímenes? —pregunté mientras seguía avivando la espuma.

—No lo sé. En todo caso, parece claro que quiere que nos reunamos con él.

—De ser así, hubiera dicho dónde.

—Tal vez ya lo ha hecho y no nos hemos dado cuenta —repuso sin dejar de mirar la inscripción en rojo—. ¿No dicen que la respuesta a una pregunta suele hallarse en la misma pregunta?

17

Tras hacer las maletas y pagar media noche extra, caminamos por la playa en dirección al puerto de Saranda. Si mis informaciones eran ciertas, en tres cuartos de hora salía un barco hacia Grecia. Antes deberíamos hacer el trámite de salida en aduanas.

Casi me daba lástima abandonar aquella modesta ciudad de veraneo, donde los altavoces ya volvían a atronar con los últimos éxitos locales.

Donde terminaba la playa subimos por unos escalones que conducían hasta una calle trasera. Allí se hallaba la agencia de viajes griega donde vendían pasajes a los no albaneses para abandonar el país. Nos atendió un hombre maduro con la piel quemada por el sol, que estudió nuestros pasaportes con gran detenimiento antes de expedir a mano los billetes. Tras esta gestión, rodeamos el edificio para pasar por un puesto fronterizo donde volvieron a controlar nuestra documentación.

Esperamos un cuarto de hora en la terminal antes de subir a un moderno hidrofoil. En su interior reconocí sobresaltado a algunos turistas que deambulaban por las ruinas de Butrint. Sin embargo, me tranquilicé al comprobar que nuestra llegada no despertaba la atención de nadie.

Cuando la embarcación activó las turbinas y empezó a virar para dirigir su rumbo a Grecia, me dije que estábamos salvados. Ignoraba que el plato fuerte de aquel cúmulo de desventuras aún estaba por llegar.

Al dejar Saranda atrás, navegando ya por un mar de nadie, de los altavoces surgió una música tan inesperada como significativa. Era el clásico *Flow my tears*, una pieza de John Downland que había escuchado en su versión moderna durante mi fatídico viaje a Gerona.

Se había hablado de esa canción como «la definición misma de la melancolía». Y al parecer lo continuaba siendo, ya que al sonar las primeras estrofas un joven de rubia melena arrancó a escribir una carta con una pluma estilográfica, ajeno a los vaivenes del barco. Supuse que era de amor.

Más allá de lo insólito del lugar, un barco entre dos puertos del Mediterráneo, me pregunté qué significado tendría aquel retorno de Downland orquestado por el azar. Era lo que Jung había denominado sincronicidad.

Mientras Elsa se hallaba en la cubierta fumando un cigarrillo, saqué de la maleta el libro sobre él. Intrigado por lo que acababa de suceder, busqué el capítulo dedicado a la sincronicidad, una teoría que el suizo había desarrollado hacia el final de su vida, en 1957.

Ésta se produce cuando dos fenómenos o situaciones coinciden. Por ejemplo, cuando pensamos en un viejo amigo y de repente suena el teléfono y es él. Para el analista existe un vínculo tan profundo como misterioso entre ambos hechos; es un resorte que trasciende la casualidad sin tampoco obedecer a una causa-efecto.

De su obra *Sincronicidad como principio de conexiones acausales*, el libro citaba dos casos vividos por Jung en su práctica terapéutica y narrados en primera persona: el escarabajo de oro y la bandada de pájaros. Leí el primero con súbito interés:

> Una joven paciente soñó, en un momento decisivo de su tratamiento, que le regalaban un escarabajo de oro. Mientras ella me contaba el sueño, yo estaba sentado de espaldas a la ventana cerrada. De repente, oí detrás de mí un ruido como si algo golpeara suavemente la ventana. Me di media vuelta y vi fuera un insecto volador que chocaba contra la ventana. Abrí la ventana y lo cacé al vuelo. Era la analogía más próxima a un escarabajo de oro que pueda darse en nuestras latitudes, a saber, un escarabeido (crisomélido), la *Cetonia aurata*, la «cetonia común», que al parecer, en contra de sus costumbres habituales, se vio en la necesidad de entrar en una habitación oscura precisamente en ese momento.

El segundo caso hacía referencia a la esposa de un paciente, la cual había comentado a Jung que a la muerte de su madre y de su abuela se habían congregado ante las ventanas de éstas muchos pájaros.

Al parecer aquel fenómeno, que probablemente

inspiró a Hitchcock *Los pájaros*, era bastante recurrente.

> Cuando el tratamiento de su marido estaba a punto de concluir (...), le aparecieron unos síntomas leves que yo atribuí a una afección cardíaca. Le remití a un especialista que, tras el primer examen clínico, me comunicó por escrito que no le había encontrado nada que fuera motivo de preocupación. Mientras mi paciente regresaba a casa tras esta consulta (...), se desplomó de repente en plena calle. Cuando lo llevaron a casa moribundo, su mujer ya estaba inquieta y asustada porque, al poco rato de haber marchado su marido al médico, se había posado en su casa una bandada entera de pájaros (...) Inmediatamente recordó sucesos similares que habían tenido lugar a la muerte de sus parientes y se temió lo peor.

Abandoné esta inquietante lectura al ver que la isla griega ya había emergido en el horizonte marino.

Salí a cubierta, donde Elsa contemplaba el litoral de Corfú con actitud indolente. El atardecer caía sobre la isla como un etéreo manto dorado.

Un viento húmedo y salado hizo que me abrochara bien la americana, en cuyo bolsillo interior noté el volumen de las cartas de tarot. Eso me llevó a recordar cuando las había puesto en orden, así como el asunto del arcano ausente, que probablemente era el verdadero mensaje que nos mandaba Kynops sobre lo que nos aguardaba.

—¿Sabes cuál es el arcano número XIII? —pregunté a Elsa sin explicarle el motivo.

—Claro que lo sé —respondió—. Es la Muerte.

TERCERA PARTE

EL HECHICERO DE PATMOS

1

En comparación con la austeridad de Albania, Corfú se revelaba como una isla de prosperidad aberrante.

Tras unos rigurosos trámites de entrada al país, llegamos a una ciudad que era un bazar ininterrumpido. Las calles de estilo veneciano eran una tienda detrás de otra con caras baratijas para turistas: camisetas, postales, botellines de aceite, jabones. A las puertas de la temporada alta, los comerciantes habían cargado los portales de las tiendas con mil y una cosas inútiles.

Entre todo ello, Elsa adquirió dos finas velas de cera naranja y un diccionario ilustrado de iconografía religiosa ortodoxa. Supuse que el gusto por lo raro le debía de venir por parte de su padre.

Paseamos un buen rato antes de sentarnos a cenar en la terraza de una taberna, donde pedimos una botella de retsina —un vino de mesa blanco y áspero— y un par de ensaladas. Antes nos habíamos asegurado un lugar donde dormir, esta vez camas separadas, hasta que tomáramos a la mañana siguiente el vuelo a Atenas.

Mientras daba un trago a mi copa, levanté los ojos hacia el firmamento y le di las gracias por haber salido con vida de todas aquellas calamidades.

—Cuando estoy bajo las estrellas, siento vértigo —dijo Elsa al trocear un bloque de feta—. Como si en realidad estuviera boca abajo y en cualquier momento pudiera caer al cosmos.

—Es curioso —repuse—, porque yo tuve la misma sensación la última noche que estuve en mi casa. Debe de ser algo común.

—No hay nada común. La normalidad es sólo una ilusión, un parche que nos hemos inventado para que la gente se sienta segura. Si sentiste eso y ahora yo te he hablado de caer en el cosmos, es porque tuviste una visión. El futuro se había colado por una rendija del presente. En este caso concreto, el futuro era yo.

—¿De verdad crees en esas cosas?

—Y en muchas otras también. ¿No sabes que la memoria puede funcionar hacia delante y hacia atrás? Creo que era en *Alicia en el país de las maravillas* donde alguien dice que es mala memoria la que sólo funciona hacia atrás. Yo creo que es más bonito recordar el futuro.

—A Jung le hubiera encantado conocerte —afirmé recordando los casos con pacientes femeninas que había leído en el libro—. Seguro que le habrías inspirado más de una teoría.

—Ese tipo deliraba más que yo. Para mí, era simplemente un loco que encontró una utilidad a su locura. Entonces lo llamaron sabio.

La retsina griega parecía haber puesto en movimiento sus neuronas —me dije—, ya que la Elsa silenciosa y enfermiza se había convertido ahora en una brillante parlanchina. Mientras hablaba y comía, pasaba los dedos sobre el libro de iconografía religiosa, como si quisiera asegurarse de que continuaba allí.

—Eso sí, entre tanta alucinación de vez en cuando Jung daba con una intuición genial —continuó—. Como el inconsciente colectivo.

—O la sincronicidad —añadí siguiéndole el juego.

—O el *anima* y el *animus*.

—¿Qué es eso? —pregunté.

—Forma parte de todo ese lío de los arquetipos. Es una explicación del enamoramiento inspirada en *El Banquete* de Platón. ¿Sabes de dónde viene eso de la media naranja?

—Creo que sí —respondí rememorando una clase del bachillerato—. Si no me equivoco, hablaba de un mundo primigenio en el que los humanos eran seres descomunales que se atrevieron a desafiar a Dios. Para hacerles perder fuerza, decidió partirlos en dos a golpe de rayo. Desde entonces las mitades se andan buscando.

—Aprobado —respondió Elsa llenándose nuevamente la copa—. Jung, de hecho, dijo lo mismo explicado de otra manera. Al menos en el mundo de los heterosexuales, la atracción funciona por la búsqueda de la *anima* o el *animus*. El *anima* es el aspecto femenino que está en el inconsciente colectivo de los hombres, mientras que el *animus* es el aspecto masculino que está en el de las mujeres. Cuando nos enamoramos, es porque hemos reconocido la parte masculina o femenina que vive en nuestro interior. Eso explica por qué vamos perdiendo la capacidad de enamorarnos a medida que nos hacemos mayores.

—No estoy de acuerdo con eso. De cualquier forma, ¿qué tienen que ver el *anima* y el *animus* con eso?

Antes de contestar, Elsa bajó la cabeza y me miró a través del cristal de su copa. Luego explicó:

—El hombre que busca su parte femenina en las mujeres o la mujer que busca la suya masculina en los hombres va llenando una especie de copa interior. Llega un momento en el que ha incorporado suficientes experiencias del sexo opuesto para que su *anima* o *animus* esté colmado. Entonces ya no necesita enamorarse.

—En teoría puede que sea así —opiné—. Pero en la práctica hay personas adictas al enamoramiento que pasan su vida de flor en flor y nunca están satisfechas.

—Seguramente su copa está quebrada. Aunque encuentren su *anima* o *animus*, nunca quedarán colmados porque tienen una fuga. Por mucho que tomen del otro sexo, siempre estarán vacíos.

—Me parece una buena argumentación. ¿Es tuya o de Jung?

—Es mía —respondió orgullosa—. Yo también tengo visiones en medio de mi confusión. Sin ir más lejos, acabo de descubrir el secreto de Kynops.

Tal vez para incrementar el suspense, Elsa se había negado a revelar cuál era el secreto hasta que llegáramos al hotel. En lugar de eso, había empezado a hablar sin freno sobre unos meses que había vivido en Nueva York, donde descubrió el circuito de los clubs tristes. Al parecer, son locales de música frecuentados por una clientela de piel pálida y vestidos negros —coloquialmente llamados melancólicos tuberculosos— que se reúnen para llorar y programar suicidios.

No me costaba creer que existiera algo así, ya que me habían hablado de restaurantes para masoquistas en esa misma ciudad donde los camareros trataban mal a los clientes, que acababan comiendo dentro de jaulas. Se lo expliqué a Elsa, que se quedó pensativa antes de decir:

—¿Sabes lo que pienso de todo eso? El día que los vicios de los ricos estén al alcance de la mayoría habrá empezado el fin del mundo.

Después de una cena copiosa con botella y media de vino, Elsa me tomó de la mano y empezó a canturrear la nana del fantasma de Gerona mientras caminábamos hacia la pensión. Yo me dejaba llevar mientras me preguntaba si el descubrimiento que había anunciado no sería sólo un juego de Elsa para hacer la velada interesante.

Sin duda, la llegada a Grecia había despertado en ella el espíritu provocador que yo había conocido en su casa, ya que tras cerrar la puerta de la habitación empezó a hacer de las suyas.

—Si quieres conocer el secreto de Kynops —me advirtió—, primero tendrás que desnudarte y tenderte sobre la cama. Yo seré la sacerdotisa y no debes hacer nada que yo no te pida, ¿de acuerdo?

Tras decir esto, encendió las velas a ambos lados de una de las camas individuales y apagó la luz. La habitación quedó sumida en una débil evanescencia dorada.

—¿A qué esperas? —me instó Elsa.

Luego se metió en el baño y me dejó solo.

La penumbra y el vino, además de la curiosidad de saber adónde conduciría aquello, hicieron que no dudara en desprenderme de la ropa con la que había salido de Saranda. Una vez desnudo, me tumbé sobre la cama con un sentimiento de indefensión.

El olor dulzón de la cera que crepitaba acababa de conferir al lugar un aire entre lujurioso y místico.

Esperé muy quieto un par de minutos en los que pude escuchar los latidos de mi corazón. Luego se abrió la puerta del baño y Elsa regresó a escena, envuelta sólo con un fino velo que se pegaba a su cuerpo como una segunda piel.

—Llegó el momento de la verdad desnuda —dijo mientras me observaba de pie como una diosa griega.

—Aquí el único desnudo soy yo —protesté—. ¿De dónde has sacado ese peplo?

—Lo llevo siempre conmigo. En verano me sirve como sábana cuando voy de viaje.

—¿Y no tienes una para mí?

—No la necesitas —repuso con una sonrisa pícara—. Quiero verte así y valorar sin tapujos si eres digno de conocer el secreto.

—El secreto de Kynops... —murmuré casi decepcionado de volver a aquel tema—. ¿Te refieres a la pregunta que encontramos en el techo del hotel?

Elsa asintió bajando suavemente la cabeza.

—Dijiste que la respuesta estaba en la misma pregunta —repliqué, luchando contra la excitación—. ¿Has encontrado la respuesta? ¿Dónde se esconde ese diablo?

—Sólo te responderé si prometes acompañarme hasta su guarida.

—¿Por qué tendría que hacerlo? No voy a meterme en la boca del lobo para acabar como Spiro y Cora. Y tú deberías olvidarte de este asunto y regresar a casa.

—No me preguntes por qué, pero no puedo hacerlo —declaró ansiosa—. Necesito saber quién es Kynops, verlo cara a cara.

—¿Es por la recompensa?

—La recompensa ahora es lo de menos, aunque no dudes que te va a cubrir de oro sólo por acudir a la cita. Y nadie excepto nosotros y Kynops sabrá que estamos allí.

—Creo que sabes mucho más de lo que me has contado hasta ahora —dije mientras Elsa daba dos pasos hacia mí.

El perfume íntimo de aquella Venus dorada se hizo patente y noté cómo perdía definitivamente el control sobre mi cuerpo.

—Sólo creo saber dónde nos espera —declaró—. Si tienes miedo, puedes regresar mañana a Barcelona. Yo voy a llegar hasta el final.

—¿Hay que volver a Albania? —pregunté escamado.

—En absoluto —rió ella—. No tendremos que salir de Grecia. Pero no voy a decirte más por hoy: ¿puedo contar contigo?

Dudé unos segundos antes de, llevado por el misterio y la aventura, dar en aquel caso la peor de las respuestas:

—Sí.

Como si esa sílaba fuera la clave de una caja fuerte, al oírla Elsa dejó caer el velo y quedó desnuda frente a mí. Desde mi posición baja, su cuerpo parecía aún más esbelto e irresistible.

—Ahora que estás conmigo —anunció consciente de su triunfo—, voy a ser tu *anima* y tú serás mi *animus*.

Mientras se echaba sobre mí desatando una oleada de deseo, concluyó:

—Dicho de otro modo: voy a dejar que llenes mi copa.

2

El secreto de Kynops no me fue revelado hasta llegar al aeropuerto ateniense de Venizelos, donde Elsa me arrastró hasta la terminal de donde salía el siguiente vuelo.

Pese a haber pasado la noche con ella, al levantarnos me había seguido tratando como si nada hubiera sucedido, con la misma combinación de cháchara excéntrica y silencios repentinos que había conocido. Mientras trataba sin éxito de encontrar mi lugar en aquella ecuación sentimental, me había limitado a cumplir mi palabra dejando en sus manos la compra de los pasajes de avión.

En el primer vuelo había caído dormido nada más tomar asiento y no fue hasta llegar al café de la terminal cuando me interesé por el destino final —al menos eso creía yo— de aquel viaje.

—Volamos a Samos, una isla griega muy cerca de Turquía —dijo consultando un minúsculo reloj de pulsera.

—¿Y qué te hace pensar que nuestro hombre está allí?

—No me cabe la menor duda —afirmó Elsa mientras sacaba del bolsillo delantero de la maleta el diccionario de arte religioso—. Lo descubrí al ver esto.

Abrió el volumen por una página que mostraba varios frescos de la gruta del Apocalipsis. En uno de ellos se veía a san Juan luchando a brazo partido contra el sacerdote de Apolo en Patmos. Éste, según leí en la nota al pie, era un hechicero que recibía el nombre de Kynops.

—San Juan hizo que Kynops se hundiera en las aguas del actual puerto de Skala —explicó ella— y el mago quedó convertido en piedra. Todavía existe esa roca. Esta mañana he buscado en Internet, pero no hay otra referencia a Kynops aparte del hechicero de Patmos.

Parecía una deducción razonable. Si en Skala existía incluso una roca que recibía ese nombre, la única respuesta posible a la pregunta «¿dónde está Kynops?» era el puerto de Patmos.

—Si es allí donde nos espera, ¿por qué nos dirigimos a Samos? —pregunté.

—Muy sencillo, porque Patmos no tiene aeropuerto. Es demasiado pequeño: sólo tiene 2.500 habitantes. Tenemos que volar hasta Samos y tomar luego un barco.

—Como san Juan cuando fue expulsado de Éfeso —dije recordando ese episodio de mis clases de religión—. ¿No fue desterrado a Patmos y se metió en una cueva a escribir el Apocalipsis?

—Algo así.

El vuelo con Aegean Airlines despegó a las 12.25 y tenía una duración estimada de una hora.

Espabilado después de un segundo desayuno a bordo, miré de reojo a Elsa. Aunque seguía sin comprenderla, tras aquella noche de amor me parecía la mujer más atractiva del planeta. Sin embargo, ella sólo parecía atender a las nubes que íbamos atravesando en nuestro viaje al este helénico. Acababa de desconectar del mundo, y de mí con él. Prueba de ello fue que, cuando puse mi mano sobre la suya, la retiró rápidamente como un animal esquivo.

Con otra persona este rechazo me habría herido profundamente, pero había algo de Elsa que ya había comprendido: era como el chico de la burbuja de plástico. Vivía separada del mundo por una pared invisible. Lo que ella amaba en realidad de Tod Lubitch era el *animus* solitario que ya habitaba en su interior.

Tomé el libro de arte para leer un anexo al final sobre san Juan y el hechicero de Patmos. Tal vez aquella historia revelaría algún vínculo con las cartas de Jung y su misterioso propietario.

EL APÓSTOL Y EL MAGO

En el año 95 d. C. san Juan fue expulsado de Éfeso por el emperador romano. Acusado de difundir falsas doctrinas y subvertir la religión del imperio, Domiciano decidió desterrarlo a Patmos, donde le sería revelado el Apocalipsis.

A su llegada a la isla del Egeo, fue liberado de sus cadenas por el gobernador romano, Laurentius, al conocer un milagro realizado por el apóstol, que había librado a un joven de la muerte segura al caer en el mar en medio de una tormenta. Los trabajos espirituales de san Juan empezaron inmediatamente después, ya que tuvo que practicar un exorcismo al hijo de Myron, suegro del gobernador, con lo que toda la familia abrazó la fe cristiana y fueron bautizados por el apóstol.

A los sacerdotes del templo de Apolo, sin embargo, no les sentó nada bien que los líderes de la ciudad hubieran abandonado la propia religión para entregarse a una nueva fe. A fin de contrarrestarlo, enviaron a un mago llamado Kynops para que desacreditara al apóstol con una demostración de sus poderes.

Para ello el hechicero de Patmos recurrió a su truco más aplaudido, que consistía en lanzarse al mar y salir luego impulsado hacia la superficie como elevado por una fuerza sobrenatural.

El mago salió vencedor de esta primera prueba, ya que emergió de bajo las aguas junto con los fantasmas de isleños que habían muerto recientemente. Luego arengó a los presentes para que atacaran a san Juan. La multitud lo obedeció y el apóstol quedó medio muerto.

A la mañana siguiente, sin embargo, san Juan volvió a retar a Kynops. Esta vez rezó para que el hechicero no saliera del mar, que durante la prueba se abrió como un abismo y engulló al mago. Según la leyenda, quedó petrificado en la bahía de Skala.

Los habitantes de Patmos esperaron durante tres días a que Kynops saliera a la superficie, pero al comprobar la victoria de san Juan todos ellos se convirtieron al cristianismo.

Al terminar la lectura, me pregunté cuál podía ser el sentido de encarnarse en aquella figura dos milenios después. ¿Era el millonario un enemigo de la fe cristiana y se proponía neutralizarla con filosofía jungiana? ¿Qué pintaba el 2013 en todo esto?

Era imposible no relacionar el Apocalipsis de san Juan, a fin de cuentas una predicción de cómo será el fin del mundo, con el año determinado por Jung y Caravida. Tal vez el nuevo Kynops sólo fuera un místico loco que pretendía conectar ambas cosas: el paisaje del Apocalipsis y su fecha de inicio. Patmos debía de parecerle el lugar más indicado para asistir al fin de nuestros días.

Lo que no entendía era cuál era mi papel en aquella locura, ni por qué ésta había provocado ya tres muertes al menos. Algo importante se me estaba escapando.

Para aumentar mi inquietud, al sobrevolar Samos el avión empezó a vibrar violentamente como si estuviera a punto de desarmarse. Tal vez por la orografía montañosa que creaba bolsas de aire, la maniobra de aterrizaje fue un festival de sacudidas que amenazó varias veces con derribar el aparato.

Tras perder varias veces la altitud de golpe y remontar en el último suspiro, el avión logró posarse finalmente sobre la pista. Aquella toma de tierra había sido un aviso de lo que nos esperaba de ahora en adelante.

3

Al llegar en taxi al puerto de Pitagorio —aquélla era la isla natal de Pitágoras—, nos dijeron que no salía ningún barco a Patmos hasta la mañana siguiente, cosa que nos obligó a tomar un hotel.

Con una larga tarde por delante, simplemente nos acomodamos en un café a ver pasar a los veraneantes: mayormente alemanes que venían en tours para la tercera edad.

El muelle estaba lleno de pequeñas embarcaciones que ofrecían excursiones en las que, además de playa y barbacoa, el capitán prometía enseñarles a bailar el sirtaki. Con cierta vergüenza ajena, vimos regresar a algunos de estos grupos batiendo palmas con las caras enrojecidas por el sol y el vino peleón.

Mientras tanto, el viento azotaba la isla sin parar.

—Ahora que nos acercamos a él —dije a Elsa con una taza de té en la mano—, ¿qué imagen te has hecho de Kynops?

—¿Del histórico o del farsante?

Sin esperar a que le respondiera a lo que ya sabía, encendió un cigarrillo y concluyó:

—Creo que cuanto más nos aproximamos, más difícil es conocerle. Hasta que no demos con él, cualquier cosa que podamos suponer será errónea, porque Kynops tiene un currículum oculto.

—¿Currículum oculto? ¿Qué diablos es eso?

—Es el sentido escondido de las cosas que hacemos. Aquello que transmitimos sin darnos cuenta, porque puede ser desconocido para nosotros mismos. Kynops nos hace pensar que desea ayuda para descifrar las cartas de Jung, pero en realidad está pidiendo ayuda para algo muy diferente, aunque no es consciente de ello.

—Hablas como si lo conocieras —comenté intranquilo—. ¿Por qué no hablas claro de una vez y me explicas de qué va todo esto? Me siento perdido en este asunto.

—Y más que te perderás —dijo mirando cómo el viento arrancaba el humo de su cigarrillo—. Hay que haberse perdido del todo para encontrar lo verdaderamente importante.

—Empiezas a hablar como un apóstol. ¿Será que la cercanía de los lugares sagrados vuelve a la gente mesiánica?

—O más cuerda, quién sabe.

—En cualquier caso —añadí muy serio—, tengo la impresión de que me ocultas información desde el principio.

—Sólo la necesaria —repuso mirándome muy fijamente a los ojos—. Es contraproducente decir algo que el otro no está preparado para entender. Únicamente te haría daño.

—El daño me lo haces igualmente arrastrándome en esta aventura a ciegas. ¿Por qué te empeñas en mentir? Sabes perfectamente lo que nos espera en Patmos.

—Te responderé a eso con algo que dijo una vez Fabio Novembre, mi peluquero en Nueva York. Cuando un periodista cabezón como tú le preguntó una vez cuándo encontraba necesario mentir, respondió que la idea de mentir presupone que sabes la verdad. Y eso es un concepto en blanco y negro. Las personas auténticas aman los colores.

Tras tomar un souvlaki para cenar, Elsa se retiró a su habitación —esta vez había querido dormir sola— y yo me quedé planchado sin saber qué hacer. Después de una noche mágica, había pasado a ser desterrado nuevamente a mi soledad.

A las diez ya estaba en la cama haciendo zapping de un culebrón griego al siguiente. Ni siquiera había tenido ánimos para abrir el mueble bar. Después de ver un rato las noticias, finalmente apagué el televisor y me tumbé en la cama a leer.

Me había agenciado el libro de arte sagrado porque en los anexos finales hablaba de la cueva de san Juan, lo cual podía ser significativo para el caso. Explicaba que el apóstol había recibido la revelación del Apocalipsis en una caverna de montaña donde tenía una piedra por almohada. Acudía allí con un secretario griego encargado de transcribir la revelación.

La divinidad le había hablado a través de tres grietas del techo de la cueva que el apóstol entendió como una manifestación de la Santísima Trinidad. A través de aquella falla en las entrañas de la Tierra le había sido dictada la parte más críptica y oscura de las Sagradas Escrituras.

Releí con inquietud creciente aquel inicio sobre

el fin de todas las cosas, donde Juan explica cómo empezó a recibir la revelación:

Oí detrás de mí una gran voz como de trompeta que decía: Yo soy el Alfa y la Omega, el primero y el último. Escribe en un libro lo que ves, y envíalo a las siete iglesias que están en Asia: a Éfeso, Esmirna, Pérgamo, Tiatira, Sardis, Filadelfia y Laodicea.

Y me volví para ver la voz que hablaba conmigo; y vuelto, vi siete candelabros de oro,

y en medio de los siete candelabros, a uno semejante al Hijo del Hombre, vestido de una ropa que llegaba hasta los pies, y ceñido por el pecho con un cinto de oro.

Su cabeza y sus cabellos eran blancos como blanca lana, como nieve; sus ojos como llama de fuego;

y sus pies semejantes al bronce bruñido, refulgente como en un horno; y su voz como estruendo de muchas aguas.

Tenía en su diestra siete estrellas; de su boca salía una espada aguda de dos filos; y su rostro era como el sol cuando resplandece en su fuerza.

Cuando le vi, caí como muerto a sus pies. Y él puso su diestra sobre mí, diciéndome: No temas; yo soy el primero y el último;

y el que vivo, y estuve muerto; mas he aquí que vivo por los siglos de los siglos, amén. Y tengo las llaves de la muerte y del Hades.

Escribe las cosas que has visto, y las que son, y las que han de ser después de estas.

De pequeño, el reverendo nos había explicado que el Apocalipsis revela el número exacto de personas que se salvarán: 144.000. Más o menos la población de una modesta ciudad americana. Aquello me había asustado porque, haciendo cálculos a partir de la población mundial, significaba que sólo 1 de cada 35.000 se librarían del fuego eterno.

Algún exegeta de la Biblia posterior había calculado que en realidad, traspolando la demografía de entonces a la de ahora, habría que añadir tres ceros al número de salvados, que quedarían en 1 de cada 35.

Dicho de otro modo: había que ser el mejor de la clase.

4

Tras dos horas de navegación mareante a causa de los fuertes vientos, llegamos a Patmos el martes a media mañana. Desde el mar, la isla parecía una piedra seca —al parecer sólo contaba con el agua de las pocas lluvias que recibía— de formas caprichosas.

Terminado el retiro nocturno en su habitación, mi acompañante había recuperado el buen humor. También aquella extraña ingenuidad que la hacía especial. Al bajar de la embarcación, me tomó del brazo mientras nos dirigíamos a desayunar al centro de Skala, donde los lugareños no paraban de gastarse bromas entre sí.

Elsa llevaba una camiseta corta y unos shorts

que hacían que sus piernas se vieran todavía más largas, lo que le valió más de un comentario en voz alta de los hombres que pululaban por los mercados. Aunque no entendíamos lo que decían, sonaban más a galanterías que a reproches pese a hallarnos en una isla santa.

Curiosamente, el lugar donde había sido revelado el severo Apocalipsis rezumaba sensualidad.

—Es lo que tienen los finales —dijo ella al comentarle esta impresión—, que sólo invitan a los placeres mundanos.

Esto me hizo pensar en la reacción de los asistentes a la conferencia en Gerona, que al oír hablar del fin del mundo habían corrido a fumar a la calle.

—Tal vez son lo único tangible en una existencia que viene de la nada y a la nada vuelve —repuse aportando un poco de filosofía de bolsillo—, a no ser que creas en el más allá.

—Los que creen en el más allá son aún peores —me corrigió Elsa—, porque quieren llevarse buenos recuerdos a la siguiente vida.

Charlando así llegamos al punto del puerto donde se suponía que debía de estar la roca de Kynops. Pero no se veía nada, sólo una boya roja flotando en el mar. Preguntamos por ella a un fornido pescador que en aquel momento plegaba sus redes. Le rodeaba un círculo de gatos a la espera de alguna ganancia en forma de pescado.

—Está justo debajo de esa boya.

—¿Quiere decir, entonces, que se encuentra bajo el mar? —pregunté.

—Exacto, igual que el mago ese que nunca volvió a sacar la cabeza a la superficie. Los submarinistas que la han visto dicen que tiene forma de hombre. Hay muchos pulpos alrededor, pero nadie los pesca si han tocado esa roca.

—Ah, ¿no? —preguntó Elsa muy interesada—. ¿Por qué motivo?

—Es una creencia de aquí. Dicen que los pulpos que la han tocado pierden todo su sabor a causa de la maldad de Kynops. Aunque esté bajo el agua, sigue siendo un hechicero.

Dicho esto, volvió a sus tareas, mientras yo cavilaba sobre aquellas leyendas de Patmos. Antes de alejarnos, pregunté al mismo pescador.

—¿Y se sabe dónde vivía el mago?

El hombre primero pareció sorprenderse ante aquella pregunta. Luego respondió:

—Tengo entendido que en un promontorio al sur de la isla que se llama Genoupas.

—Ya lo tenemos —me susurró Elsa al oído.

Los taxistas de Skala estaban comiendo a aquellas horas, así que hicimos tiempo en una solitaria cala a la que se accedía por un tortuoso sendero de montaña.

Sentado sobre mi maleta, observé como Elsa caminaba descalza hacia la orilla y se agachaba a recoger conchas. El sol picaba lo suyo, pero de repente sentí que no tenía prisa. Después de mucho tiempo, me encontraba justo en el lugar donde deseaba estar: en una cala pedregosa, sentado sobre una maleta, y contemplando a una mujer que me tenía permanentemente desconcertado.

Ya no me interesaba el millonario ni sus indagaciones kabalísticas. No quería saber nada más de arcanos ni arquetipos. Únicamente me atraía el *anima* que había hallado en ella.

Elsa debía de captar de algún modo aquellos pensamientos, ya que de repente abandonó la tarea de recoger conchas y caminó hacia mí dedicándome una amplia sonrisa. Luego me abrazó con todo su cuerpo mientras me decía al oído:

—Ahora me ves, pero pienso volatilizarme en breve. Soy un sueño que se ha colado en tu vigilia por error.

—Quédate un poco más —le pedí—. No he venido a Patmos para hacer el santurrón.

Me dedicó una mirada reprobatoria antes de regalarme un beso profundo. Luego regresamos a Skala por el mismo sendero mientras una suave brisa nos despeinaba.

Pasamos junto a una agencia de alquiler de apartamentos con un eslogan que definía bastante bien la filosofía isleña: LO MÁS SAGRADO, AQUÍ, ES LA BUENA VIDA. Justo delante había un taxi aparcado con un viejo hippy con gafas redondas liando un cigarrillo.

—¿Crees que deberíamos alquilar un apartamento antes de empezar la búsqueda de Kynops? —pregunté a Elsa.

—Veamos primero quién hay en Genoupas —repuso—. Tal vez tu anfitrión nos pueda dar alojamiento en su mansión frente al mar.

Aunque escéptico sobre esto último, me acerqué al taxista para negociar el trayecto. De entrada no supo de qué lugar le hablaba, así que fue a buscar un mapa y se amorró sobre él mientras murmuraba con voz de cazalla:

—Genoupas, Genoupas...

Me agaché a su lado intentando dar con el dichoso promontorio al sur de la isla. Finalmente se palmeó la cabeza y exclamó:

—¡Kynopa! Quieres decir Kynopa, donde la cueva.

—¿Te refieres a la cueva de san Juan? —pregunté—. ¿Es allí?

—No, es la cueva donde vivía su enemigo Kynops, por eso se llama así. Hay una capilla. Por treinta euros te puedo llevar. Está un poco lejos.

—Treinta por los dos —aclaré para que no se entendiera que era un precio por pasajero.

—¿Qué dos? —preguntó sorprendido—. ¿Te refieres a mí? ¡Soy el chófer, colega!

—Me refiero a la chica —dije, molesto por aquella familiaridad, mientras me giraba hacia Elsa.

Pero había desaparecido.

5

Entendí con amargura que Elsa había planeado aquello desde el principio. Lo que me había dicho en la cala no era una coquetería para hacerse la interesante, sino un hecho consumado: a la primera ocasión me había dejado en la estacada.

Mientras el taxista conducía su carraca con parsimonia por las cuestas de Patmos, me preguntaba por qué ella había insistido tanto en que la acompañara, cuando ahora debía dirigirme en solitario a la boca del lobo. ¿Dónde se habría metido?

La única explicación que se me ocurría era que Elsa fuera sólo otra agente de Kynops, como los malogrados Cora y Spiro, y su tarea hubiera sido exclusivamente llevarme hasta la isla. Tal vez en aquellos momentos estuviera preparando mi recepción en compañía de su jefe, como única superviviente de la matanza.

Si mi hipótesis era correcta, faltaba saber quién estaba en la otra facción; es decir, quiénes se habían ocupado de barrer a todos los que habían hecho de contacto entre el millonario y yo.

—Eso es Kynopa —anunció el taxista deteniéndose junto a una colina con una capilla ortodoxa.

—¿Te importa esperarme un momento? —le pedí, como si la presencia de aquel tipo me diera cierta protección.

—Vale, pero sólo un momento.

Tal como me había dicho en Skala, Kynopa sólo era una capilla excavada en la roca. En aquel momento estaba, además, cerrada con una reja. Quizás el Kynops de dos milenios atrás se había alojado allí, pero con toda seguridad el millonario nórdico se había buscado una choza más confortable.

Esta reflexión me hizo ver que aún no había usado el método más viejo del mundo para averiguar el paradero de alguien: simplemente preguntar.

El taxista no parecía mal tipo, así que mientras se liaba otro cigarrillo apoyado en su coche decidí abordar la cuestión.

—Creo que voy un poco perdido —confesé—. Lo cierto es que esperaba encontrar a un amigo viviendo aquí.

—¡En la capilla! —exclamó incrédulo—. Pero ¿qué clase de amigos tienes?

—Ya sabes, esa gente que quiere impregnarse de la espiritualidad del lugar. Los nórdicos son así: no les basta ver la cueva de san Juan, quieren vivir como él. Si puede ser, utilizando la misma almohada de piedra.

—O sea, me hablas de gilipollas.

—Bueno —repuse sin dejarme intimidar por sus modales—, concretamente de uno bastante especial. Se hace llamar Kynops, como el hechicero, y no ha dejado señas de dónde está su casa. Por otro lado, pretende que me reúna con él. Es algo contradictorio. No sé por qué, he pensado que podía vivir por aquí.

—Pues ya has visto lo que hay: una capilla cerrada. A no ser que tu amigo sea Dios, no lo encontrarás en casa.

Aquel hombre empezaba a caerme bien. Asumiendo que había seguido una pista en balde, dije:

—Supongo que tendré que pagarte otra carrera a Skala.

—Puedo dejarte gratis en Chora —dijo bajando súbitamente la mano para rechazar mi oferta—. Es mucho más agradable que el puerto.

—Te lo agradezco mucho.

—No te preocupes, me pilla de camino. Además, ya lo decía Jesús: si alguien te pide que le acompañes una milla, acompáñale dos.

—Un bonito consejo.

—Es un consejo para gilipollas —concluyó antes de arrancar nuevamente el taxi.

Chora resultó ser un pueblo de museo, formado por calles tortuosas con edificios impecablemente restaurados. Lo único extraño era que apenas se veía a nadie, como si sólo fuera un lugar apto para ser visitado. Desde allí se podía contemplar, en lo alto de la colina, el macizo monasterio de San Juan. Parecía más una fortaleza que un lugar destinado a la meditación.

Mientras yo me empapaba de la mística del lugar, el taxista me dio un golpecito en el hombro y dijo a modo de despedida:

—Si quieres visitar más capillas, pregunta por Panaiotis.

Luego encendió un cigarrillo más y volvió a su coche.

Sintiéndome casi aliviado de no tener que cuidar de nadie excepto de mí mismo, arrastré mi maleta por las calles encaladas buscando algún lugar donde dar descanso a mis huesos. Siguiendo el trazado laberíntico de las calles, pasé por palacetes llenos de inmensos tiestos de flores, escaleras de piedra y curvas repentinas.

Finalmente di con un hotel minúsculo de una sola planta, donde un jovenzuelo me mostró a cara de perro una habitación con vistas al monasterio.

—Son cincuenta euros la noche.

—Me parece algo caro —respondí—. ¿No tienes una habitación sin vistas?

Por la desgana con la que se comportaba, supuse que era el hijo del dueño; debía de vivir en Atenas durante el año y por vacaciones trabajaba en el negocio familiar.

—Las que no tienen vistas están ocupadas. Además, cuestan lo mismo.

De repente recordé lo sucedido en el Blloku de Tirana y me pregunté si Elsa podía haber elegido nuevamente el mismo alojamiento.

—¿Quién quiere una habitación sin vistas, habiendo esta libre por el mismo precio? —pregunté descarado.

El jovenzuelo se había metido ahora un chicle en la boca y masticaba sonoramente. Me estudió unos segundos antes de responder con sorna:

—Gente a la que no le gustan los monasterios. ¿Acaso buscas a alguien?

—Sí, busco al diablo —respondí utilizando su mismo tono.

Esa respuesta pareció gustarle, ya que me lanzó las llaves y me dijo muy sonriente:

—No es necesario que lo busques. Él te encontrará a ti.

6

Dormí hasta bien entrada la noche. Había sido un sueño pesado y opaco, del que me fue imposible rescatar escenas de ningún tipo. Simplemente había cerrado los ojos y al volverlos a abrir todo estaba oscuro.

Vi en el reloj que era la una de la madrugada. Por consiguiente, ni siquiera podía aspirar a cenar algo en el pueblo mientras decidía lo que hacer a continuación. Con Elsa desaparecida y sin pistas sobre el paradero de Kynops, todo lo que podía hacer era consumir los días y el dinero a la espera de que el diablo hiciera acto de aparición.

A falta de otra cosa, decidí terminar la lectura de Jung mientras esperaba que volviera el sueño o la luz del día. No había abordado el libro de forma lineal —sólo había picoteado los temas que me interesaban—, así que empecé repasando algunas curiosidades sobre su biografía.

Me llamó la atención que, en 1907, cuando Jung visitó a Freud por vez primera tras un año de correspondencia, charlaron sin cesar durante trece horas seguidas. Puesto que la amistad terminó en 1913, parecía que esos últimos dos números habían sido una constante en la vida del analista.

Al parecer, uno de los méritos por los que fue aceptado en el selecto círculo de los psicoanalistas era no ser judío. Dado que prácticamente el resto de ellos lo eran, se quería transmitir al mundo académico que aquella disciplina no era algo perverso que sólo interesaba a los judíos.

Las primeras fricciones entre Freud y Jung surgieron en 1909, en el curso de un viaje a los Estados Unidos para hablar del psicoanálisis en una universidad. A fin de entretenerse durante la larga travesía, empezaron a contarse los sueños para luego interpretarlos. Sin embargo, Freud se negó a dar los detalles necesarios para que Jung pudiera analizar los del padre del psicoanálisis, argumentando que no podía hacer peligrar su autoridad.

Jung reaccionó diciendo: «Con eso la has perdido por completo».

Ambos investigadores y analistas se fueron alejando hasta la ruptura final en 1913. Leí asombrado que aquel mismo año tuvo un sueño altamente revelador. En sus propias palabras:

> Una monstruosa marejada cubría todas las tierras bajas septentrionales, entre el Mar del Norte y los Alpes. Al llegar a Suiza, advertí que las montañas crecían de tamaño para proteger a nuestra patria. Me di cuenta de que se avecinaba una terrible catástrofe. Vi las poderosas olas amarillas y en ellas flotando los escombros de la civilización y los cuerpos ahogados de incontables seres humanos; luego ese mar íntegro se convertía en sangre.

Los estudiosos de Jung vieron ese sueño como una premonición de lo que iba a pasar un año después: el estallido de la Primera Guerra Mundial.

Sin embargo, a la luz de lo que se estaba viviendo en el siglo XXI, ahora entendía que el significado del sueño coincidía plenamente con los cálculos kabalísticos de Caravida, con quien había perdido el contacto justamente en 1913.

La monstruosa marejada que cubría las tierras bajas coincidía con las previsiones de la subida del nivel del mar, a causa del deshielo provocado por el calentamiento global. El episodio no tenía nada que ver con una guerra de trincheras como había sido la Primera Guerra Mundial. Hablaba claramente de inundaciones y tsunamis, es decir, de las catástrofes ecológicas que golpearían el mundo un siglo exacto más tarde.

Por lo tanto, en esa ocasión la memoria de Jung había funcionado hacia delante, tal vez sin darse cuenta.

Acabé la lectura de su biografía con una reflexión que realizó a posteriori sobre lo que le sucede a una persona cuando supera el ecuador de la vida, como bien podía ser mi caso:

> Desde la mitad de la vida en adelante, sólo permanece vitalmente vivo el que está dispuesto a morir con vida. Pues en la hora secreta del mediodía de la vida se invierte la parábola y nace la muerte. La segunda mitad de la vida no significa ascenso, despliegue, incremento, exuberancia, sino muerte, ya que su meta es el fin. La negación de la consumación de la vida equivale a rechazar su fin. Am-

bas cosas significan que no se quiere vivir: no querer vivir es lo mismo que no querer morir. La luna creciente y la luna menguante describen una misma curva.

Cerré el libro definitivamente con un sentimiento de resignada desolación. Al apagar la lamparita, observé que encima del monasterio pendía una luna en cuarto creciente. Aquello podía ser una buena noticia o exactamente todo lo contrario.

Me despertaron dos golpes firmes en la puerta. Por la cadencia insolente, supe que era el chico de la casa. Salí de entre las sábanas de mal humor, mientras me envolvía la luz grisácea de la mañana nubosa.

—¿Qué quieres? —le pregunté.

—Son las doce. Mi padre quiere saber si va a quedarse otra noche. De lo contrario, tendrá que dejar libre la habitación para que la limpie.

—¿Dónde está tu padre?

—En Atenas.

—Dile que estaré una noche más. Sólo una.

Acto seguido cerré la puerta sorprendido conmigo mismo por haber dicho eso. De manera intuitiva había decidido cuándo poner fin a aquella aventura, que me tenía dando tumbos desde hacía más de una semana. Y lo peor era que cada vez me hallaba más lejos de casa. Siguiendo los deseos de mi desaparecida compañera, había terminado a las puertas de Turquía, en una isla pelada llena de fanáticos religiosos y gente tosca.

Me di una ducha rápida con la esperanza de que el agua caliente activara el riego sanguíneo de mi cabeza e hiciera algo positivo aquel último día. Sin embargo, una vez seco y cambiado —había mandado lavar ropa en el hotel de Saranda—, lo único que se me ocurrió fue insistir en el método «pregunte usted lo que quiere saber».

Y el informante a mi disposición no parecía tener muchas luces, ya que al salir de mi habitación lo encontré en la terraza jugando con su teléfono móvil.

—¿Conoces bien la isla? —le pregunté sin más preámbulos.

—Más de lo que desearía —respondió sin apartar la mirada de la pantalla del teléfono, que emitía pequeños pitidos a intervalos regulares.

—A ver si puedes ayudarme y te ganas una propina —empecé apoyado en la pared encalada—. Hay una roca bajo el agua en el puerto de Skala que se conoce como Kynops. También está Kynopa, la cueva en la que vivió el mago donde hoy existe una capilla. ¿Conoces algún otro lugar en Patmos relacionado con este nombre?

El chico dejó de jugar, como si le atrajera aquel reto, y se pasó la mano por la mejilla granítica antes de contestar:

—Bueno, no es un lugar donde yo haya estado, pero se cuenta que en el sudoeste de la isla hay un pozo o algo similar donde el mago tenía a sus demonios. Por eso se llama popularmente la sima de Kynops.

—Justo lo que necesitaba saber —dije entusiasmado—. Y ¿cómo se llega hasta allí?

—Sólo sé que la entrada debe de encontrarse en algún lugar de un monte llamado Penoupa —reconoció—. La leyenda dice que quien se acerca a la sima se vuelve loco o ciego, o ambas cosas. Por eso nadie de Patmos quiere ir. Al último que se atrevió a bajar con una cuerda lo sacaron muerto. La gente de aquí cree que es una de las entradas al infierno.

—Bárbaro. ¿Cuánto me cobrarías para llevarme hasta la sima? Ahora mismo, quiero decir.

El jovenzuelo redondeó los ojos, como si no diera crédito a lo que estaba oyendo. Luego respondió:

—No iría allí por nada del mundo. ¿Estás majareta o qué?

Aquella manera brusca de hablar me hizo pensar en la persona que me podía sacar del hoyo o, mejor dicho, meterme en él: Panaiotis.

7

—Nadie que esté en su sano juicio te llevará al monte Penoupa —respondió el taxista al localizarlo por teléfono—. Y menos aún para bajar a la sima de Kynops.

—Lo sé —repuse animado—, por eso te llamo a ti.

—¿Me estás diciendo que no estoy en mi sano juicio?

—Tengo la impresión de que eres de los que se apuntan a un bombardeo. No me pareces el tipo de persona que se acojona por una leyenda local.

—Es algo más que una leyenda —repuso repentinamente serio—. Hay algo allí. No sé exactamente qué, pero es algo muy feo.

Tras declarar esto permaneció callado unos segundos, como si no se acabara de decidir. Luego me preguntó:

—¿Tiene botas de montaña?

Panaiotis me había citado a las dos de la tarde en la subida al monasterio de San Juan, que pude visitar brevemente mientras hacía tiempo. Toda la gente que no había visto en Chora se concentraba allí entre vendedores de recuerdos religiosos.

Además de las ediciones del Apocalipsis con tapas de madera, el souvenir estrella era una piedra —supuse que en alusión a la almohada del apóstol— con una incrustación en dorado de san Juan.

El monasterio en sí constaba de varias salas oscuras con reliquias religiosas, aunque las más importantes se hallaban en el museo. Aparte de los peregrinos que hacían cola para visitar el tesoro, en el patio principal convivían gatos callejeros y popes risueños que lo cruzaban con paso enérgico.

Me pareció un ambiente bastante más festivo y relajado que el de los templos católicos o evangelistas que había conocido.

Cuando me cansé de curiosear, bajé a paso tranquilo hasta el punto donde debía encontrarme con Panaiotis, que había llegado a la cita diez minutos antes de lo previsto. Me estudió detenidamente con sus gafas negras de montura redonda antes de decir:

—Quiero ciento cincuenta pavos por adelantado.

—¿Desconfías de mí?

—Digamos que desconfío del poder adquisitivo de los muertos. No quiero volver a casa de vacío si te rompes el cuello en esa sima.

Antes de subir al taxi, donde había metido cuerdas y un par de mochilas muy deterioradas en el asiento trasero, le pagué religiosamente. Me invadía una excitación inesperada. Tras cruzar el Mediterráneo dejando una ristra de cadáveres por el camino, no podía volver sin encontrar a Kynops. Le obligaría a explicar el sentido de toda aquella historia aunque fuera lo último que hiciera.

Tras bordear peligrosamente carreteras de montaña, al fin llegamos a un rocoso cabo del extremo sudoeste de la isla: una lengua de piedra golpeada sin clemencia por un mar embravecido. Parecía un lugar increíblemente remoto, sin el menor atisbo de vida humana.

Panaiotis aparcó allí mismo el coche y sacó con energía las mochilas y la cuerda, además de lanzarme un par de botas de montaña que habían conocido mejores días.

—Espero que no te queden muy grandes: mi padre era un gigantón.

Me las calcé con cierta aprensión, mientras mi improvisado guía cargaba las mochilas con un rollo de cuerda, dos enormes linternas y un par de botellas de agua.

—Vamos a meter la cabeza en el infierno, amigo —dijo como toda explicación.

Justo delante de aquel cabo dejado de la mano de Dios se alzaba una montaña seca y escarpada, sin caminos reconocibles para iniciar la subida. En un recodo de la pendiente, una cabra solitaria parecía mirarnos con estupefacción.

—¿Es el monte Penoupa? —pregunté intimidado por aquel paisaje árido.

—Ajá. Espero que tengas las piernas fuertes, porque nos espera un buen tute.

Dicho y hecho, empezamos a subir de manera expeditiva por la pendiente, de la que se iban desprendiendo piedras a cada paso que dábamos. Sobre nuestras cabezas, un cielo cuajado de nubes amenazaba con descargar una tempestad bíblica.

Tras media hora larga de ascensión, el terreno se volvió todavía más empinado y pedregoso. En dos ocasiones resbalé en la grava y estuve a punto de rodar pendiente abajo. Panaiotis, en cambio, parecía medir cada zancada mientras estudiaba las diferentes vías de ascenso. Lento pero implacable, iba ganando la montaña con su mochila al hombro.

Yo no podía con mi alma, pero el orgullo hacía que le siguiera la marcha a riesgo de despeñarme. Aquella parte del Penoupa era tan hostil como un monte lunar, hasta el punto de que ya ni siquiera encontrábamos cabras. Sólo alguna salamandra que se escurría bajo las rocas al advertir nuestra presencia.

—Me cuesta mucho creer que mi amigo viva aquí —dije al detenerme a beber agua.

—¿Lo dudabas? —se sorprendió el taxista—. En todo caso, aunque demos media vuelta, no vas a recuperar el dinero. Me estoy jodiendo la rodilla para lo que queda de mes.

—No vamos a dar media vuelta —repuse con determinación—. Quiero ver la sima de Kynops.

—Tú mismo.

Tras esta breve parada, seguimos escalando la montaña mientras una repentina ráfaga de viento me llenaba los ojos de arenisca. La mitología de Patmos me parecía en aquel lugar de lo más acertada: sólo los diablos podían habitar en un lugar tan desolado.

Un alarmante signo de vida humana nos sorprendió al final de aquella ascensión infernal. El único camino para proseguir montaña abajo estaba vallado con alambradas. Sobre éstas, en un rótulo erosionado se podía leer:

EXPLOSIVOS

—¡Por todos los demonios! —exclamó Panaiotis—. Ahora entiendo por qué nadie va nunca a la sima de Kynops. Está más allá de esta alambrada.

Desde allí, se veía un gigantesco cráter anaranjado en la parte más baja del monte Penoupa, en su lado prohibido. Sin duda había sido abierto con dinamita, pero nada hacía pensar que allí hubiera trabajado nadie en las últimas décadas.

A sugerencia de Panaiotis, exploramos la alambrada por su parte externa, hasta hallar un tramo con un agujero lo bastante grande para pasar al otro lado sin quedar clavados.

—¿Estás seguro? —me preguntó con la mirada muy fija—. Según lo que pises ahí, puede ser el último paso de tu vida.

—Puedes regresar si quieres —le dije—. Entiendo que la sima de Kynops no entra en la hoja de ruta de un taxista.

—¡Y un cuerno! —protestó encendiendo un cigarrillo al borde de la zona de explosivos—. Si he llegado hasta aquí, es para ver lo que nadie ha visto.

8

En la zona prohibida de la montaña había restos de una actividad minera largamente abandonada. En lugar de bajar por la pendiente que conducía al cráter, Panaiotis señaló un sendero descendente que giraba a la izquierda de forma bastante abrupta.

—Según el mapa de montaña, este lugar debería caer por aquí.

Caminamos en precavido silencio mientras el taxista se detenía cada pocos pasos a medir el terreno con los ojos. Parecía querer comprobar si se correspondía con el mapa que tenía grabado en la mente.

Finalmente señaló una pequeña cuesta y exclamó:

—¡Eureka! Es allí.

Miré inquieto un agujero en la montaña de dimensiones demasiado modestas para ser llamado cueva. Se asemejaba más bien a una madriguera grande. Aun así, acompañé a Panaiotis hasta aquella boca de lobo —no superaba el medio metro de altura— sin hacer ningún comentario.

Blandiendo una de las linternas, metió la cabeza en su interior:

—Sin duda es la sima de Kynops —anunció triunfante—. Y parece profunda.

Tras decir esto, se colgó la cuerda al hombro y me indicó con la cabeza que le siguiera. Encendí mi linterna y me metí con él en la caverna, que ascendía en una suave pendiente de arenisca. Al final de ésta, el túnel bajaba casi verticalmente en dirección a las entrañas de la tierra.

La voz de cazalla de Panaiotis resonó extrañamente en la cueva:

—Paso de meterme ahí. Nada nos asegura que una vez abajo podamos volver a subir. Este terreno es muy resbaladizo.

—Entonces quédate tú arriba y sostén la cuerda —le pedí con una determinación que me sorprendió a mí mismo—. Bajaré hasta donde pueda.

El griego respondió a mi propuesta con un silencio apreciativo. Noté que no se lo esperaba. Luego se anudó la cuerda a la cintura y soltó el otro cabo en aquella ratonera. Tras pegarse a la pared de la roca y clavar las botas al suelo, dijo muy solemne:

—Ya puedes bajar, hijo. Pero hazlo con cuidado o me arrastrarás contigo al averno.

Con una mano en la cuerda y la otra en la linterna, empecé a deslizarme por aquel agujero de gusano. Era lo bastante ancho para bajar suavemente como por un tobogán, aunque el haz de la linterna sólo permitía ver un par de metros por delante.

Antes de agotar el largo de la cuerda que marcaba el límite de mi exploración, el aire empezó a enrarecerse. A duras penas podía respirar. Quizás porque el oxígeno no me llegaba al cerebro, tras dudar unos instantes decidí seguir unos metros más para ver adónde llevaba aquel túnel natural.

Un olor nauseabundo empezó a emerger entonces del fondo, como si la putrefacción de cien demonios se hubiera conservado en el corazón de la sima. A punto de vomitar allí mismo, me disponía a iniciar el ascenso cuando sentí que las fuerzas me abandonaban y, desasido de la cuerda, mi cuerpo se precipitaba hacia el fondo.

Cuando desperté, en la oscuridad más absoluta, no fui capaz de discernir si estaba vivo o muerto. Un dolor agudo en la espalda me indicó que me hallaba con vida, aunque tal vez por poco tiempo, ya que todo parecía indicar que aquello sería mi tumba.

La única buena noticia era que allí abajo había oxígeno. No era que pudiera respirar sin dificultad, pero el olor putrefacto que me había hecho perder el conocimiento había desaparecido. Supuse que debía de haber atravesado alguna bolsa de gas.

Palpé el suelo con las manos —era imposible saber a qué profundidad había caído— en busca de la linterna, pero tras varios minutos de exploración lo dejé por imposible. Probablemente se había atascado en el túnel o bien había rodado hacia más abajo, aunque parecía hallarme en un terreno plano.

Ante la perspectiva de exhalar en aquella sima el último suspiro, empecé a llamar a gritos a Panaiotis. Sin embargo, la única respuesta que obtuve fue mi propio eco.

Presa de la desesperación, volví a arrastrarme en la oscuridad como un insecto atrapado, mientras lanzaba las manos sobre la superficie tratando de dar con la linterna. Todos mis intentos fracasaron, pero obtuve un inesperado premio de consolación: de repente, mis dedos rozaron la cuerda.

Mientras volvía a llamar a Panaiotis sin respuesta —quise creer que el sonido no llegaba hasta allí abajo—, tiré de la cuerda y celebré con un alarido que estaba tensa. Aquello me unía esperanzadoramente a la salida de la cueva y a la vida misma.

Con la adrenalina disparada y todos los músculos en tensión, agarré el cabo con ambas manos y lo seguí hasta volver a entrar en el túnel ascendente por el que había caído.

Afortunadamente, la profundidad de aquella sima no había superado la longitud de la cuerda.

El suelo resbaladizo y la pronunciada pendiente hacían que tuviera que luchar hasta el límite de mis fuerzas para subir cada metro. Sudaba y temblaba a partes iguales mientras los gases fétidos que me habían hecho caer al abismo volvían a envenenar el aire.

A punto de desfallecer definitivamente, de repente sentí que mi ascenso se volvía más fácil. Presa del mareo y de la confusión, necesité unos segundos para entender que Panaiotis estaba tirando de la cuerda para facilitar mi subida.

Me aferré a ella con más fuerza aún mientras trepaba clavando los pies en el suelo como un roedor inmundo. Un cálido resplandor al final del túnel me dio el último empuje. Minutos después llegué a la fuente de la luz entre gemidos de agotamiento.

—Bravo —dijo una voz desconocida—. Has llegado a Kynops.

9

Comprobé, estupefacto, que quien se iluminaba el rostro con la linterna no era Panaiotis, sino un hombre de larga cabellera rubia y facciones algo aniñadas. Tal como me había anunciado al salir del hoyo, había encontrado a Kynops.

Y lo más sorprendente era que, al recuperar el aliento, me di cuenta de que aquella cara me resultaba familiar. Necesité sólo unos segundos para recordar dónde lo había visto: en el barco de Samos a Patmos. Era el joven que escribía con pluma mientras sonaba la canción de John Downland. Visto de cerca, las arrugas bajo sus ojos revelaban que tenía más de treinta años.

—¿Dónde está Panaiotis? —pregunté aturdido.

—Lo he expulsado —respondió con voz serena—. Él no está autorizado a permanecer en la cueva sagrada.

—¿Y yo sí lo estoy?

—Tú te lo has ganado, puesto que has tenido que superar ciertas dificultades para llegar hasta aquí. Considéralo una iniciación. Ahora eres miembro de pleno derecho de Renacimiento.

De lo que me estaba contando, sólo entendí que aquel tipo estaba loco. Mientras no valorara su grado de peligrosidad, me convenía representar el papel de discípulo aplicado.

—¿También Elsa forma parte de Renacimiento? —pregunté sin saber de qué estaba hablando.

—No hay nadie con ese nombre entre los elegidos —respondió—. Ahora acompáñame, vas a conocer nuestro observatorio.

Al salir de la sima de Kynops, la radiación del sol —aunque el día estuviera nublado— me dejó tan ciego como en el interior de la cueva. Mi anfitrión esperó pacientemente a que me recuperara para reiniciar la marcha.

Luego me guió en dirección al cráter que había visto con Panaiotis desde lo alto del monte.

—No debes llamarme Kynops a partir de ahora —dijo en tono confidente—. Ése era sólo el nombre de tu búsqueda. Ahora que la has completado con éxito, puedes llamarme Hannes, que es mi nombre islandés.

Durante la bajada por intrincados caminos de montaña, me explicó que Renacimiento era una hermandad de doce miembros cuya finalidad era preparar el mundo para el Apocalipsis. Por eso habían instalado su observatorio en la isla de Patmos, donde el fin había sido revelado por primera vez al apóstol.

Como había oído decir de otros líderes sectarios, había algo en Hannes que inspiraba comodidad. Fuera el tono extremadamente cortés de su voz o los gestos suaves con los que acompañaba sus palabras, podía imaginar que era el tipo de personalidad que creaba adeptos.

Su melena rubia encuadraba un rostro noble y sereno que escondía, con toda probabilidad, delirios que yo aún era incapaz de imaginar.

Guiado por aquella carismática proximidad, antes de llegar al dichoso observatorio me atreví a hacer al líder de Renacimiento algunas preguntas directas.

—¿Por qué es tan importante la correspondencia entre Jung y Caravida?

—Forman parte de la Nueva Revelación —explicó con autoridad—, que es la hoja de ruta de Renacimiento. Nuestra Biblia, para utilizar un concepto cristiano.

—Si sólo *forman parte*, eso quiere decir que la Nueva Revelación cuenta con otros documentos —argumenté.

—Así es. De hecho, recoge un siglo de visiones: desde alquimistas a psicólogos, pasando por filósofos y científicos, entre todos configuran la profecía 2013.

—Es decir, todas aquellas predicciones que dan como fecha del fin del mundo el 2013 —recapitulé—. Si se trata de un siglo de visiones, entiendo que el cálculo alquímico de Caravida es el más antiguo.

—Juntamente con un sueño que tuvo el mismo Jung —añadió Hannes en referencia al episodio que yo conocía—. Ellos fueron los primeros en fijar el año del fin, que al mismo tiempo marca un nuevo inicio. Ésa es la buena noticia.

—Pero he oído decir que los mayas ya habían realizado una predicción similar —intervine.

—Ciertamente, pero eso supondría proyectarnos a una especie de Antiguo Testamento lleno de detalles vagos y ambigüedades. Y yo sólo estoy interesado en las predicciones modernas. Soy un hombre de mi tiempo.

—¿Me estás diciendo que Patmos es la cuna de un nuevo libro del Apocalipsis?

—Exacto —respondió entusiasmado—, y las cartas de Gerona son sólo el preámbulo. La Nueva Revelación se escribe a sí misma aquí, cada día. No podría ser en otro lugar.

—Lástima que algunos ya no podrán asistir a la profecía 2013 —dije recordando los fiambres que alguien había ido sembrando en el camino a Patmos.

Hannes me miró intrigado, como si no acabara de entender de qué le hablaba. Sin embargo, puesto que un Mesías no puede mostrar su ignorancia, finalmente dijo:

—Bueno, ya se sabe: la revolución devora a sus hijos.

10

Hacia media tarde llegamos al observatorio de Renacimiento, que resultó ser un complejo de módulos prefabricados en el centro de un cráter. Era el que había visto desde lo alto del Penoupa. Estaban pintados del mismo naranja que el terreno, motivo por el que me habían pasado desapercibidos.

Aquel campamento improvisado me recordó a las imágenes que había visto del Campo Base del Everest. Al disponer de una amplia superficie plana, supuse que permitía el aterrizaje de helicópteros. Una ventaja nada desdeñable, dado lo recóndito del lugar.

A cierta distancia del complejo, en una ladera

distinguí el brillo de las placas solares que debían de alimentarlo de electricidad. Hannes parecía complacido de que yo hubiera detectado aquella fuente limpia de energía.

—Somos totalmente autosuficientes —explicó—. Nos abastecemos de agua, calor y electricidad sin necesidad de contaminar, por eso puede que el observatorio te parezca algo oscuro por la noche. Pero al final todos se acostumbran a la luz tenue.

—De hecho, debería volver a Chora —repuse preparando mi retirada, aunque era demasiado tarde para rehacer el camino—. Tengo una noche pagada de hotel.

Hannes rió como si yo lo hubiera dicho en broma.

—Éste te gustará más —dijo a modo de despedida—. Te espero esta noche para cenar.

Acto seguido desapareció por uno de los módulos, que eran simples cubículos de material plástico. Una fornida pelirroja salió poco después del mismo módulo y se dirigió hacia mí en tono diligente.

—Te acompañaré a tu habitación. Bienvenido a Renacimiento.

Estuve descansando un par de horas sobre un colchón a ras de suelo, mientras del exterior me llegaba el sonido de una organizada actividad. Desconocía cómo era el resto del complejo, pero el interior de aquel módulo no tenía nada que envidiar a un caro hotel minimalista.

Además de la cama, contaba con una mesita cúbica cuyas paredes emitían una suave luz. Al fondo había una mesa con una pantalla de plasma con Internet. Un pequeño plato de ducha con su propio depósito de agua completaba el habitáculo.

Tras el encuentro con Kynops, que había resultado ser un islandés llamado Hannes, aún entendía menos la finalidad de todo aquello. Estaba claro que utilizaba Patmos como plataforma de un moderno Apocalipsis y, por los medios desplegados en aquel trozo de desierto, era plausible que se tratara efectivamente de un millonario. Y lo veía capaz de pagar una fortuna por un manuscrito para aquella Nueva Revelación.

Sin embargo, se me escapaba cuál era la relación de Renacimiento, un movimiento milenarista, con todas aquellas muertes. En apariencia el observatorio era sólo una comunidad ecologista con una idea algo rígida sobre la fecha del fin del mundo. Aparte de eso, parecía un lugar pacífico.

De haber encendido el monitor de plasma para consultar las noticias de la última semana, como estuve a punto de hacer, hubiera huido inmediatamente de allí. Pero finalmente decidí salir a pasear mientras esperaba la hora de la cena.

Caminé hasta una colina cercana para observar cómo el velo dorado del atardecer se derramaba sobre el campamento. A cierta distancia de donde yo me hallaba, un grupo mixto de personas parecían practicar Tai Chi mientras la noche ganaba la batalla al día.

Bajo la luz de las estrellas, el observatorio parecía una colonia lunar.

Supuse que cada miembro de Renacimiento debía de decorar personalmente el módulo que ocupaba, y el de Hannes era de estilo psicodélico. Lo que desde fuera era un simple cubo naranja, por dentro resultó ser una extraña amalgama de iconos religiosos y símbolos esotéricos en medio de un mobiliario kitsch propio de la década de 1960.

El líder de la hermandad me recibió sentado en

una butaca giratoria de sky. A su lado, una enorme esfera emitía una débil luz anaranjada. Del techo colgaban varios móviles coloristas que rotaban y se entrecruzaban como si recibieran algún tipo de empuje.

Hannes me indicó que me sentara en un incómodo asiento con forma de mano. Entre los dos había una mesa con samosas —empanadas vegetales al estilo indio— y una botella abierta de vino tinto.

Puesto que ni yo mismo sabía lo que hacía allí, rompí el silencio de mi anfitrión con un comentario carente de todo interés:

—Supongo que debe de ser estimulante para un islandés vivir en una isla griega.

—Me gustan las piedras viejas —respondió—, si es que hay piedras que no lo sean. Pero los dos sabemos que esta isla no está elegida al azar.

—Debe de ser el lugar idóneo para una hermandad que predica el fin del mundo en 2013. Lo que no comprendo entonces es por qué se llama Renacimiento.

Sin responder a esta pregunta implícita, mi anfitrión se llenó la copa de vino. Acto seguido, se sirvió un cigarrillo de un tipo de tabaquera que no veía desde niño: al activar una palanca, un pájaro de plástico dorado picaba un pitillo de una caja que se abría debajo de él.

Imaginé que era una curiosidad kitsch con la que Hannes deleitaba a sus visitas. Tras encender el cigarrillo con un pesado mechero de la misma época, empezó:

—La historia de Kynops y san Juan nos da una nueva visión de lo que fueron los principios del cristianismo. En mi opinión, lo que sucedió en esta isla fue una lucha entre dos magos de la que el apóstol salió vencedor. Tan brutales eran los métodos de Kynops, que sacaba muertos de debajo del mar, como los de san Juan, que rezó para que se ahogara su oponente. Luego la Iglesia oficial tiñó de santidad estos hechos fabulosos, pero no están lejos de las historias que recogía Tolkien.

Mientras Hannes daba una calada antes de proseguir el discurso, entendí que todo eso era un mero preámbulo para lo que realmente me quería decir. Sentado en aquella butaca, lo veía más viejo aún de lo que me había parecido en la cueva. Daba la impresión de ser alguien entrado en la cuarentena que conservaba ciertos tics adolescentes.

—Luego lees el Apocalipsis de san Juan —prosiguió— y no puedes dejar de pensar que si hoy en día alguien afirmara que le ha sido revelado algo así, lo encerrarían en un psiquiátrico. Ha cambiado mucho el mundo, amigo Leo.

—¿Para mejor o para peor? —pregunté con fingida ingenuidad.

—Por supuesto, para peor. Hemos perdido lo más importante: la imaginación, el derecho a la locura. Los problemas del mundo son tan acuciantes que sólo hay tiempo de dar estadísticas. Se dice que el planeta puede dar alimento a diez mil o doce mil millones de personas, tal vez incluso el doble de la actual población mundial. Me parece muy bien, pero la pregunta es: ¿tú quieres vivir en un mundo así? Yo no.

—¿Y qué solución propones?

Hannes activó nuevamente el pájaro cigarrero y encendió otro pitillo antes de decir:

—Soluciones drásticas, de esas que no se cuentan a la prensa. Cosas que se hacen y punto cuando se tienen los medios. Por cierto, ¿has leído a Sloterdeijk? Estoy pensando en incluir algún artículo de él en la Nueva Revelación.

—No lo he leído —reconocí.

—Es profético —afirmó antes de propulsar a lo

alto del módulo dos círculos de humo—. Habla de la época actual, el posthumanismo, y de lo que vendrá después.

—¿Posthumanismo? Es la primera vez que oigo hablar de eso.

—Dice que el humanismo se caracterizaba por la escritura, que es lo que ha permitido crear la filosofía y nuestro mundo tal como lo concebíamos hasta ahora. Sin embargo, la cultura audiovisual la ha relegado a un segundo plano. Por eso hablamos de una nueva época: el posthumanismo en la era de la globalización, pero también eso terminará.

—Son puras especulaciones para llenar ensayos de filosofía y salas de conferencias —me atreví a decir.

—Te lo terminaré de explicar: según Sloterdejk, la globalización se ha distinguido por la velocidad y la sincronización, a través de Internet y de las modas, de todos los seres humanos dirigiéndose hacia el Apocalipsis. Cuando éste llegue, los pocos que se salven iniciarán una nueva época, la posglobalización o postapocalipsis, que se caracterizará por la lentitud y la desincronización de todos los seres humanos. Dicho de otro modo: volveremos a las cavernas.

—¿Adónde quieres llegar con todo esto? —repliqué tomando una samosa—. Te lo formularé de otro modo: ¿qué soluciones drásticas propone Renacimiento para que eso no suceda?

—Creo que no has entendido nada —contestó Hannes apurando su cigarrillo—. Renacimiento no se opone al Apocalipsis, sino todo lo contrario: lucha contra aquellos que intentan evitarlo.

No podía creer lo que estaba oyendo. Hannes debió de leer el estupor en mi rostro, ya que me aclaró:

—Nuestra opinión es que el daño de la plaga humana en el mundo es tan grave que no queda más remedio que fumigar. Y hay que hacerlo ya.

—Supongo que hablas en lenguaje figurado —me alarmé.

—En absoluto. La extinción de la humanidad es el mayor regalo que podemos hacer a nuestros compañeros de planeta. Tenemos un plan tan simple como ambicioso para el renacimiento de nuestra especie: acabemos con lo que hay y que el ser humano, en un número muy modesto, empiece de cero en el lugar de donde procede: África. Hagámoslo bien y el final será el principio.

Quería pensar que aquella propuesta era una

idea peregrina animada por el vino. Para quitarle hierro al asunto, dije:

—En todo caso, dado que el mundo se acaba en el 2013, no merece la pena que nos preocupemos. Si la profecía es cierta, como dirían aquí, estamos en las manos de Dios.

Hannes me dirigió una mirada fogosa antes de terminar:

—Sí, pero a veces hay que ayudar a Dios a hacer su trabajo.

11

Tras dormir en el silencio absoluto del observatorio, que a partir de medianoche parecía un sepulcro, lo primero que pensé por la mañana era qué diablos hacía yo allí. Mientras la luz del amanecer inundaba el módulo, recordé la conversación de la noche anterior como una pesadilla que quería abandonar cuanto antes.

Alguien había dejado sobre la mesa del ordenador un cesto con tostadas, café y zumo de naranja.

Me levanté a tomar el desayuno para mitigar la resaca del vino. Una vez sentado a la mesa, encendí la pantalla de plasma, que estaba conectada a un pequeño teclado. Entre bocado y bocado esperé a que el escritorio del ordenador mostrara el símbolo para entrar en Internet. Llevaba casi diez días desconectado de lo que pasaba en el mundo.

Antes de hacerlo, sin embargo, me llamó la atención una carpeta azul con el título: ELEMENTOS PARA UNA NUEVA CULTURA PLANETARIA. Cliqué encima con el ratón y aparecieron seis documentos de Word, una subcarpeta con vídeos y otra con archivos musicales. Supuse que era el kit de adoctrinamiento para los que vivían en aquel observatorio, y no debían de faltar fragmentos de la Nueva Revelación.

Apuré el zumo de naranja antes de clicar sobre el documento titulado *Acerca de la sincronicidad.* Entendí que se trataba de un artículo divulgativo sobre el tema publicado en una revista ecologista:

> Hay un territorio brumoso entre la casualidad y la causalidad, es decir, entre el azar y la causa-efecto, que ha desatado desde siempre todo tipo de cábalas e interpretaciones. Se trata de las casualidades significativas que Carl Gustav Jung denominó *sincronicidad*: dos fenómenos o situaciones independientes que se enlazan misteriosamente creando lo que parece un mensaje orquestado por el azar.
>
> Aunque todo el mundo ha experimentado alguna vez este tipo de coincidencias, una que se cita a

menudo para ilustrar el tema es lo que sucedió al actor Anthony Hopkins al firmar el contrato para la película *La mujer de Petrovka.* Al saber que el filme estaba basado en una novela del norteamericano George Feifer, dedicó un día entero a recorrer sin éxito las librerías de Londres. Desanimado, finalmente abandonó la búsqueda del libro y bajó a la estación de Leicester Square para regresar a casa. Mientras esperaba la llegada del metro, descubrió un libro abandonado en el banco en el que estaba sentado: era *La mujer de Petrovka.*

Esta coincidencia le dejó tan turbado que apenas miró el libro en el viaje a casa. Una vez allí, descubrió que el ejemplar estaba lleno de curiosas anotaciones al margen de su anterior propietario. Pero los caprichosos engranajes del azar darían, dos años después, un nuevo giro. Al iniciarse finalmente el rodaje de la película, Hopkins conoció al autor de la novela, quien le dijo que había perdido su ejemplar anotado durante un viaje a Londres. Cuando el actor le enseñó el que había hallado en el metro, resultó ser el mismo.

La lectura de aquel artículo ligero me tranquilizó frente a las intenciones de Hannes y los suyos

—entre los que él me incluía—. Equivocadamente, pensaba que Renacimiento y su observatorio eran sólo el entretenimiento de un millonario malcriado, probablemente el hijo díscolo de una familia con negocios petrolíferos.

Sin embargo, antes de que el sol alcanzara su cénit entendería las verdaderas dimensiones de todo aquello.

Iba a conectarme a Internet cuando la pelirroja fornida —llevaba el pelo corto y una camisa verde de estilo militar— entró en el módulo a llevarse los restos del desayuno. Supuse que era la misma persona que lo había dejado allí mientras dormía, lo cual me hizo sentir incómodo.

—Dentro de veinte minutos empieza el audiovisual —me anunció mientras dejaba sobre la mesa una cajita plana de cartón.

—No creo que pueda quedarme —dije desmarcándome de aquellas actividades sectarias—. He dejado todas mis cosas en Chora y tengo asuntos que atender.

—Eso disgustará a Hannes —me reprendió—. Deberías estarle agradecido por haberte aceptado en Renacimiento.

—Nunca he pedido mi ingreso —me defendí—.

En Tirana me dijeron que vuestro jefe sólo requería mis servicios como traductor para una documentación en alemán. Lo que he visto aquí...

—... supera tus expectativas —completó ella con un brillo insano en la mirada—, ya lo sé. Por eso debes ver el audiovisual y escuchar a Hannes. El futuro habla a través de él. Entonces entenderás y darás las gracias por haber sido elegido.

Estuve tentado de decir «amén», pero me pareció más sencillo seguirle la corriente hasta que pudiera escabullirme del observatorio. Había conocido a muchos fanáticos como aquella mujer de mediana edad. Personas atrapadas por una secta que se aproximaban a ti en la calle, con la misma mirada, y no te dejaban en paz hasta que les soltabas una grosería. Pero en aquel caso era diferente: me hallaba en terreno enemigo y no sabía hasta qué punto disponía de libertad de movimiento.

—Iré al audiovisual —dije para zanjar definitivamente la cuestión—, pero luego debo abandonar el observatorio.

La mujer inspiró profundamente y me dirigió una mirada severa antes de decir:

—Se lo comunicaré.

Cuando hubo abandonado el módulo, me quedé aturdido sin saber qué hacer. El sentido común me decía que lo más sensato de momento era mostrar interés por las propuestas de Hannes, hacer preguntas incluso, y luego salir de allí.

Antes de acudir al módulo en el que se proyectaba el audiovisual, me acerqué a la cajita de cartón que había dejado la pelirroja. Para mi sorpresa, en su interior encontré los recortes de los billetes de quinientos euros que me había entregado Spiro.

Tal vez Hannes fuera un loco, pero cumplía sus promesas —pensé animado ante la idea de recomponer los diez mil euros en mi bolsillo.

Mientras guardaba los recortes, eché cuentas del tiempo que podría vivir con la suma total de dinero —unos veintiocho mil euros—, si lograba regresar algún día a casa. En el fondo de la cajita, sin embargo, había una nota escrita a mano que había pasado por alto y que ahora entendía que era un mensaje directo de Hannes:

Renacer o morir: tú eliges

12

La proyección tenía lugar en un módulo central cuadrado de tamaño ligeramente superior al resto. Las paredes estaban decoradas con fotografías —la mayoría aéreas— de vida animal amenazada al estilo National Geografic.

En el centro de la sala, una docena de personas maduras charlaban excitadas como si se hallaran en un congreso médico. Entre ellas estaba la mujer que me había arengado en mi módulo, que se mostraba altamente solícita con un anciano barbudo con aspecto de profesor.

Pese a la edad avanzada de los asistentes, imperaban las camisas deslavadas y las camisetas con motivos ecologistas, por lo que supuse que todos ellos estaban implicados de algún modo con la causa. Al contarlos vi que eran doce, lo que me hizo pensar que me hallaba ante la plana mayor de Renacimiento.

Si yo había sido aceptado —contra mi voluntad— en la hermandad, eso significaba que era el apóstol número 13. Y como Judas, mi misión sería traicionar al Mesías, es decir, a Hannes.

Aquel símil me turbó profundamente, pero la entrada del líder de Renacimiento me distrajo de ese pensamiento. Los asistentes le dejaron paso sin grandes reverencias, aunque se notaba que ejercía en ellos una poderosa atracción. Probablemente habían sido educados por él en la camaradería, pero sabían reconocer los momentos importantes. Y aquél era uno de ellos.

Hannes los saludó de manera informal y la luz tenue que iluminaba la sala se apagó al tiempo que un cañón proyector iniciaba el audiovisual. Se había hecho un silencio absoluto, lo que hizo más impactante la entrada de una música que escuchaba por tercera vez en diez días.

Con los primeros compases de *Flow my tears*, de Downland, la pared se iluminó con una imagen de Londres bajo el crepúsculo. Sobre esta vista empezó a aparecer la escritura nerviosa de una estilográfica. Entendí con estupor que era la pluma de Hannes —la misma que había visto en el barco a Patmos— y que muy probablemente él había proporcionado aquella canción al personal del barco para poner banda sonora a sus delirios.

Que yo también fuera adepto a Downland era algo más que una casualidad. Según el artículo de la sincronicidad que acababa de leer, las personas afines se encontrarán en cualquier lugar del mundo donde vayan. Al tener gustos sincronizados, realizarán las mismas elecciones y eso permitirá que se crucen una y otra vez. En cambio, dos personas que no tengan nada que ver entre sí pueden vivir una al lado de la otra y no encontrarse jamás, ni siquiera en su propia calle, porque la afinidad ordena el azar.

Tal vez Hannes había captado algún tipo de afinidad entre nosotros y por eso me atraía a su grupo, aunque fuera para desbaratarlo.

La canción triste de Downland dio paso a una sinfonía de Mahler sobre una vista de los canales de Venecia. Era el célebre pasaje utilizado por Visconti para su adaptación de *La muerte en Venecia*. Tras este corte, la música fue cambiando y con ella las ciudades: París, Berlín, Nueva York, Tokio...

Todas aquellas filmaciones de capitales tenían algo en común: en ninguna de ellas se veía gente. Para su montaje, Hannes había buscado imágenes despobladas que ilustraban su idea de un mundo feliz. Probablemente desconocía las predicciones de Alan Weisman sobre la destrucción humana después de los humanos.

Aquel extraño documental terminaba con una imagen fija inquietante: la carta del tarot número XIII, La Muerte. Entendí que para Hannes era una prueba suplementaria a la de Jung y Caravida, entre otros, de que 2013 era el año de la destrucción.

Tal vez para compensar el impacto negativo de aquel arcano —mostraba a un esqueleto que cortaba cabezas de niños a ras de suelo—, el audiovisual terminó con un fundido en negro sobre el que la pluma de su líder escribía:

El final es el principio

Aquello me había recordado a la frase favorita de un compañero de universidad ya desaparecido, así que me alegré cuando se volvieron a encender las luces dando por finalizado el ritual.

Los presentes debían de estar suficientemente aleccionados sobre el significado de todo aquello, ya que, tras una breve tanda de aplausos, se despidieron cordialmente y abandonaron el módulo central para regresar a sus guaridas.

Mientras me preguntaba en qué debían de ocupar su tiempo en un lugar desolado como aquél, el líder de Renacimiento se acercó a mí y posó su blanda mano sobre mi hombro. Llevaba un suéter negro que confería a su rostro una palidez todavía más enfermiza.

—Demasiadas emociones juntas para tan poco tiempo, imagino —dijo condescendiente—. ¿Qué te ha parecido el final?

—No es una frase nueva.

—Para novedad, los clásicos, que solía decirme un amigo. Y Oscar Wilde tiene otra frase en ese sentido: «El problema de ser moderno es que uno pasa de moda muy rápido».

—¿Es por eso por lo que te rodeas de objetos de la década de los sesenta? —le pregunté sorprendiéndome de estar tratando al líder y gurú con tanta familiaridad.

—Tengo debilidad por el diseño que imperaba en mi infancia. Me da seguridad, porque me conecta con un tiempo en el que la vida era más fácil y buena.

—Debes de haber sufrido mucho después —me atreví a decirle—. De lo contrario, no me explico por qué has montado todo esto. Y tampoco entiendo qué hace toda esa gente viviendo en un campamento aislado del mundo.

—Les gusta vivir en el observatorio. Están aquí voluntariamente, y además realizan una tarea trascendental.

—¿Observatorio de qué? —pregunté obviando la tarea de la hermandad—. No he visto un solo telescopio en todo el recinto.

Hannes parecía encantado de que le llevara la contraria, como si yo fuera un hermano gruñón con el que poner a prueba sus teorías. Miró en dirección a la puerta para ver si alguien le escuchaba. Luego encendió un cigarrillo y explicó en tono didáctico:

—Nuestro telescopio es la Nueva Revelación, que nos permite mirar lejos. Conocer el futuro da un sentido al presente, aporta una hoja de ruta. Vivir en el observatorio del fin del mundo no significa que estemos de brazos cruzados.

—Supongo, entonces, que Renacimiento tiene planes para ayudar a Dios en la sagrada tarea de desterrar del planeta a la humanidad en el 2013 —añadí incrédulo.

—Así es, y considérate afortunado por estar entre los elegidos —añadió secamente—. Gracias a eso salvarás la vida.

13

Hannes me había convocado en su estudio una hora más tarde para completar la instrucción. Luego tendría permiso para marcharme, aunque me había advertido que cuando conociera la *hoja de ruta* me aferraría al observatorio como un náufrago.

De nuevo en mi módulo, pensé que cada hora que pasaba entre la hermandad de Renacimiento perdía un poco más el sentido de la realidad. No me parecía extraño que, pasado un tiempo de vivir allí, uno se desconectara del mundo y ya sólo pensara en un nuevo inicio después del 2013.

Para combatir aquel sentimiento que me producía vértigo me abalancé sobre el ordenador para empaparme de las noticias del mundo, si aquello era posible en el observatorio.

Cuando el monitor se hubo encendido, en lugar de la carpeta azul ELEMENTOS PARA UNA NUEVA CULTURA PLANETARIA, cliqué sobre el icono del navegador de Internet con la esperanza de conectarme. Tras unos segundos de carga, finalmente en la pantalla apareció la ventanita de Google, que en aquel momento y lugar me pareció un enorme ventanal al mundo.

Mientras introducía el nombre de un periódico digital de Barcelona, me dije que Hannes no podía guardar ningún secreto importante si permitía el intercambio de sus acólitos con el resto del mundo. El observatorio estaba sincronizado hasta que llegara el Postapocalipsis y la era de la lentitud.

Navegué por las distintas secciones del periódico, desde los deportes a las páginas de economía, con la agradable sensación de quien recupera la rutina tras una larga convalecencia. Al pasar fugazmente por el apartado de sucesos, sin embargo, un nombre conocido hizo que me detuviera:

LA POLICÍA DESCARTA EL MÓVIL DEL ROBO

EN EL CASO DESMESTRE

Sorprendido porque un robo —aparentemente de poca monta— ocupara un titular de periódico tantos días después, hice doble clic sobre esta noticia para leer el texto general:

LA MUERTE DE ALFRED DESMESTRE AÚN POR ESCLARECER

Gerona. Redacción. Una semana después de la muerte de Alfred Desmestre, tiroteado ante su comercio en pleno día, el móvil y la autoría del asesinato continúan siendo un misterio. La policía relacionó inicialmente el suceso con un robo sufrido por el propio anticuario en su establecimiento, pocos días antes, presumiblemente obra de una banda organizada de origen italiano. Sin embargo, hasta el momento esa pista no ha arrojado luz sobre el crimen.

La desaparición de la hija del fallecido, Elsa Desmestre, inmediatamente después del asesinato, ha abierto una nueva línea de investigación. La policía no descarta que ésta pueda estar relacionada con el crimen, por lo que ha dictado una orden internacional de busca y captura.

Esta noticia me devolvió de bruces al convulso mundo más allá de los límites del observatorio. Haber compartido lecho con la presunta asesina de su padre me parecía ahora mucho más inquietante que los delirantes planes de Hannes.

El hecho de que no me hubiera mencionado una sola vez aquella muerte la convertía, también para mí, en la ejecutora de facto del anticuario. Tal como rezaba el titular de la noticia, quedaba por aclarar el motivo de Elsa para ajusticiar a su padre a plena luz del día, a no ser que fuera un acto cometido en un momento de enajenación.

Una opresión en el vientre me confirmó que me hallaba en el peor de los escenarios posibles: hasta que no se demostrara lo contrario, estaba confinado en un campamento de locos sectarios con una posible parricida vagando por la isla.

Aquella vuelta de tuerca cambiaba el sentido de todo lo vivido hasta entonces. Antes de rastrear ediciones anteriores del periódico para recabar más datos sobre el crimen, recordé las reacciones de Elsa durante nuestra estancia en Saranda. En la playa, se había puesto de mal humor al hablarle del peligro que activa el piloto automático de la supervivencia. Luego había reaccionado de forma todavía más violenta al hacerle una broma sobre los cachivaches que guardaba su padre en el taller.

Sin duda, ambas reacciones estaban condicionadas por el asesinato de Desmestre, el cual se había cuidado bien de ocultarme. Lo más insólito de todo era que Elsa me había comunicado la muerte del anticuario cuando éste se hallaba vivo y, una vez muerto, se había comportado como si el padre no hubiera abandonado este mundo.

O aquella mujer padecía una clase de locura todavía por clasificar, o había algo fundamental que se me escapaba desde el principio.

El retorno de la pelirroja, que parecía encargada de controlar mis movimientos, me obligó a interrumpir estas elucubraciones.

—Hannes te espera en su estudio. Puedes considerarte afortunado por la atención que te está dedicando —me señaló en tono de reproche.

Acto seguido, se marchó con paso casi marcial sin girarse ni una sola vez.

Al salir de mi cubículo, vi que el sol se ocultaba entre un mar de espesas nubes que proyectaban sombras sobre el campamento. A las dos del mediodía reinaba un silencio total, como si a la hermandad se la hubiera tragado la tierra.

Me dirigí hacia el módulo de Hannes con la extraña certeza de que aquella calma no podía durar.

14

No sentí ninguna emoción especial al tener las cartas malditas finalmente en mis manos. El líder de Renacimiento me había entregado un grueso carpesano con tapas de cuero donde se ordenaban los documentos que formaban la Nueva Revelación.

Cuidadosamente plastificadas, las primeras páginas eran los originales de la correspondencia entre Jung y Caravida. En otras circunstancias las habría estudiado con curiosidad, pero el campo de trincheras en el que se había convertido mi vida me impedía concentrarme en cualquier cosa que no fuera el aquí y ahora.

Tras leer un confuso párrafo sobre la simbología sagrada de los números, cerré el carpesano y declaré:

—Puesto que me has pagado generosamente, puedo hacerte una traducción completa de estos documentos. Es más, prefiero iniciarla ahora mismo, si es el motivo por el que estoy aquí.

Hannes me escuchaba complacido desde su sillón de sky. Tal vez por una intolerancia a la luz de su propietario, a diferencia de los otros módulos, aquél no tenía ninguna ventana o rendija por donde entrara la claridad exterior. En aquel estudio psicodélico dominaba la misma penumbra anaranjada de la noche anterior, como si su inquilino viviera en un eterno ocaso.

El líder de Renacimiento movió el resorte para que el pájaro dorado picara un cigarrillo de la caja. Luego lo encendió con el pesado mechero de sobremesa y dijo con voz serena:

—No te preocupes ahora por eso, tenemos todo el tiempo del mundo.

—Lamento no compartir esa opinión —repliqué—. De hecho, venía a despedirme.

—¿Tan pronto? —respondió con un tono repentinamente cínico—. Un periodista no puede irse del lugar de los hechos antes de conseguir el titular. Te falta la parte más importante del pastel: el Proyecto Herodes.

—Dices que eres un hombre de tu tiempo —le recriminé—, pero recurres a Herodes, a Kynops, a los Arcanos para ocultar que en realidad no tienes nada. Tengo la impresión de que puedes estar hasta el 2013 vendiendo humo en este campamento desolado.

Hannes respondió a mi provocación dando una larga calada antes de responder entre una nube de tabaco:

—Si fuera un vendedor de humo, no tendría a doce biólogos trabajando para mí en este pedazo de desierto. Aunque comparten la causa de Renacimiento, los gastos que genera su estancia y el mantenimiento de sus propiedades y familias superarán al final el precio que he pagado por esas cartas.

—¿Van a estar mucho tiempo? —pregunté sorprendido de que una colonia de científicos pudiera funcionar en un lugar tan hostil.

La investigación justificaba, en todo caso, que el observatorio dispusiera de Internet. Desde allí era la única forma de bajar información de las bases de datos internacionales. La cuestión era qué diablos podían estudiar que interesara a un chiflado milenarista como Hannes.

—Todo el que haga falta, aunque necesitamos resultados definitivos a principios del 2012 a mucho tardar. De lo contrario, la profecía no se cumplirá.

—Siempre había pensado que las profecías se cumplen por sí solas sin que uno tenga que empujarlas —ironicé—. ¿De qué sirven si no?

—Sirven para marcar una hoja de ruta, como te he explicado antes. Digamos que el Proyecto Herodes aporta la materia prima para que se pueda consumar lo que está escrito en la Nueva Revelación.

—¿Qué diablos es el Proyecto Herodes?

—Es una inyección de esperanza para todas las criaturas de este planeta. Y una lección que la humanidad jamás olvidará.

Antes de proseguir con su explicación, el islandés dirigió la mirada a los colgantes que seguían orbitando entre sí en el techo del módulo. Luego se apartó la melena albina de las orejas, supuse que para escucharse mejor a sí mismo, y empezó:

—Desde hace más de cincuenta años, muchos países han desarrollado armas biológicas de enorme poder destructivo y bajo coste. Para que te hagas una idea, mientras que una bomba atómica de diez kilotones causaría apenas 70.000 muertes en una ciudad, con la enorme dificultad que supone desarrollar tecnología nuclear, bastan cien kilos de ántrax para aniquilar a dos millones de personas de un plumazo. Dicho de otro modo: con una carga que podríamos transportar entre tú y yo sobraría para dejar sin población a una ciudad como Barcelona. Luego está el tema de los costes: se ha calculado que devastar un kilómetro cuadrado con armas convencionales cuesta dos mil dólares, y sólo un dólar con el ántrax. Por eso las grandes potencias siempre han temido que se convirtiera en la bomba atómica de los pobres.

—¿Adónde quieres ir a parar con eso? —pregunté escandalizado.

—A ningún sitio, porque de hecho un arma como el ántrax no sirve para los planes de Renacimiento. Sólo provocaría un enorme sufrimiento: buena parte de los ricos se vacunarían o hallarían antídotos, mientras que los pobres acabarían pagando el pato como siempre. No es una forma válida para dar inicio a una nueva humanidad. De lo que se trata aquí es de encontrar un final limpio, que cause el mínimo dolor posible y permita discriminar a los que siguen de los que no.

—Según el Apocalipsis de Juan, los elegidos son 144.000 —dije sarcástico—. ¿Cuántos salvados contempla el de Hannes?

Hasta aquel momento no me había dado cuenta de que el líder de Renacimiento tenía el mismo nombre que el apóstol, sólo que en islandés. Deduje que en esa lengua Hannes era una abreviación de Johannes.

—Muchos menos de los que acabas de decir —repuso muy tranquilo—. De hecho, para repoblar la Tierra desde la Madre África bastaría con unas doscientas parejas jóvenes y sanas, bien orientadas para que abracen la única religión verdadera, que es la del respeto al planeta.

—Pero antes de ese Renacimiento viene la ingrata tarea de liquidar a siete mil millones de personas.

—Ése es el quid de la cuestión, porque para rehacer una casa en ruinas, primero hay que proceder al derribo de la que hay. Por suerte, la nanobiología va a acudir en nuestra ayuda. ¿Sabes por qué las armas biológicas del siglo XX no pueden extinguir a nuestra especie?

Aguardé en silencio su propia respuesta. Hannes parecía encantado de poder explicar aquel desaforado proyecto; de hecho, empezaba a sospechar que me había atraído hacia él sólo para obtener nueva audiencia.

—El problema para la aniquilación de la especie humana —prosiguió encendiendo su tercer cigarrillo— es que la mayoría de los virus se transmiten una vez desarrollados. Por ejemplo, tú incubas el virus de la gripe, pero sólo lo contagiarás cuando la enfermedad se manifieste. Eso da tiempo a los servicios médicos de parar el golpe cuando surge una nueva pandemia, porque unas personas enferman antes que otras.

—No veo adónde conduce todo esto —dije entendiendo que Hannes estaba más loco aún de lo que me suponía.

—Gracias a la nanobiología, que permite fabricar nuevas cepas de virus y bacterias, vamos a superar esa limitación. La idea es crear un virus letal con una fase de incubación muy larga, por ejemplo un año, programado además para contagiarse en estado latente. Si lo liberamos en estadios de fútbol, estaciones de metro y otros lugares de masas, este virus permitiría propagar la enfermedad por los cinco continentes antes de ser detectada. Terminada la incubación, será demasiado tarde para hallar remedio porque la humanidad entera habrá quedado infectada. Como sucede a los alienígenas de *La Guerra de los mundos*, la especie invasora será borrada de la faz de la tierra sin levantar polvareda.

—¿Y eso es el Proyecto Herodes? —pregunté atónito.

—Lo hemos bautizado así, porque una vez completada la incubación, la enfermedad letal se desata cuando aumenta la temperatura del cuerpo humano. Los niños, que siempre andan corriendo y jugando, serían los primeros en desaparecer. También los adultos, al hacer el amor, fallecerían de paro cardíaco. Y así irán cayendo todos hasta que no quede nadie... el 2013. Será una pandemia exclusivamente humana.

—Pero, aunque fueras capaz de crear un virus así, ¿cómo pretendes salvarte con los elegidos?

—Muy sencillo: juntamente con el virus Herodes estamos creando la vacuna, que sólo estará al alcance de los elegidos. El resto de la humanidad no tendrá tiempo material, por muchos medios que invierta, de hallar un remedio. La clave del ADN de este virus reposará en el lugar más seguro de la tierra.

—¿En la sima de Kynops?

—Ése puede ser un buen lugar, aunque habría que acondicionarlo. Ya sabes que me gusta dar una pátina antigua a los proyectos de futuro. El pasado y el porvenir se abrazan formando un círculo perfecto. Cuando la profecía 2013 se haya cumplido, Patmos será un isla doblemente sagrada donde la nueva humanidad llegará en peregrinación.

Cerró estas palabras echándose hacia atrás en su sillón, entre exhausto y emocionado.

—No entiendo por qué me cuentas todo esto —repuse sin saber qué pensar de todo aquello—. Si el Proyecto Herodes es un hecho, bastaría con divulgarlo a la prensa para que se os echen encima la policía y el ejército.

—Nadie divulgará nada a la prensa. ¿Quién iba a hacerlo?

—Yo mismo cuando salga del observatorio.

—Ése ha sido tu error, Leo: creer que Renacimiento es un viaje de ida y vuelta. Y no hay retorno. Quien logra encontrar a Kynops se queda para siempre con él y sus demonios.

Tras decir esto, sacó de su bolsillo una pistola automática y alargó el brazo con parsimonia hasta apuntarme en la frente. La inminencia del fin me dio una extraña paz, como si cualquier cosa que dijera o hiciera no tuviera importancia. Sin futuro no hay consecuencias.

—Lo que me molesta de ti, Hannes, es que me hayas obligado a hacer un viaje tan largo para darme ahora el pasaporte. Hubiera preferido que me ejecutaras en Tirana, antes incluso, si sabías que me hallaba sobre la pista. ¿No es eso lo que te has dedicado a hacer? Liquidar a todos los que han tenido conocimiento de la profecía para que no frustren su cumplimiento.

—Sólo merece la pena preservar a los que son dignos de la causa. El resto trabajan para la plaga humana. ¿Quieres saber por qué te he dejado vivir hasta hoy?

Tras lanzar esa pregunta, con la mano izquierda activó el pájaro cigarrero mientras la derecha continuaba apuntando a mi frente. Con voz extremadamente melosa, dijo entonces:

—¿Serías tan amable de encenderme el cigarrillo? No quiero soltar la pistola ni cometeré el error de bajar la mirada.

Estaba claro que a Hannes le gustaba llevar los juegos al límite. Mientras levantaba el pesado encendedor de los años sesenta, me pregunté si tenía alguna posibilidad de utilizarlo como arma arrojadiza antes de que disparara.

—Como me caes simpático, te voy a conceder siete minutos más de vida —declaró Hannes—. Justo lo que dura el cigarrillo. Mientras humee puedes preguntarme lo que quieras. Luego dispararé.

Estimé que era mejor aferrarme a siete minutos de vida que a una fugaz ofensiva que no tenía posibilidades de prosperar. La pistola estaba en mi frente y su dedo, tenso en el gatillo.

Hannes lanzó una bocanada de humo antes de explicar:

—Tenía previsto que murieras en el puerto de Skala, nada más llegar a Patmos, pero Downland te salvó temporalmente.

—¿Qué quieres decir con eso? —pregunté mientras contemplaba hipnotizado cómo se consumía la punta de su cigarrillo.

—En el ferry observé cómo te emocionabas al escuchar *Flow my tears* y me dije que alguien que ama a Downland merece una oportunidad. Es el apóstol de los tristes, así que pensé que podías ser digno de Renacimiento, más aún cuando fuiste capaz de meterte en la sima. Entonces me dije: éste es mi hombre.

—¿Y qué he hecho para decepcionarte? —pregunté mientras veía alarmado que se había consumido más de la mitad del cigarrillo.

—Me has traicionado, como Judas.

—Pensaba hacerlo al salir de aquí —dije escudándome en la sinceridad—, pero aún no te he dado motivos para ajusticiarme.

—Mientes. ¿Lo ves? Eres un mediocre.

Al cigarrillo le quedaba una última calada. Para que no la diera aún y apretara el gatillo, intenté a la desesperada hacerle hablar:

—Dime al menos de qué se me acusa.

—Has revelado la ubicación de nuestro observatorio. Ayer por la noche detectamos movimientos alrededor de los módulos, aunque no hemos capturado a nadie. Eso me ha obligado a evacuar el campamento temporalmente. El acto al que has asistido esta mañana era un ritual de despedida hasta que encontremos un nuevo observatorio. Me has jodido, Leo.

—No entiendo nada de lo que me dices —declaré mientras la última hebra candente rozaba el filtro del cigarrillo—. ¿Significa que nos hemos quedado solos en el campamento?

—Vamos a borrar la «ese» de solos, porque tú te vas ahora y para siempre —concluyó.

Cerré los ojos en espera del viaje final. Lo último que sentí fue una devastadora explosión.

15

Lo primero que vi al abrir los ojos fue el rostro sonriente de Elsa. Cuando sus labios besaron brevemente los míos, me dije que la posteridad no estaba tan mal.

Necesité un buen rato para entender que no estaba muerto, aunque había permanecido inconsciente por un tiempo indeterminado. Estaba tumbado en el suelo entre los escombros de lo que había sido el módulo de Hannes. Levanté con dificultad la cabeza y vi que el resto de los cubículos habían sufrido una suerte parecida. Todo el observatorio de Renacimiento estaba en ruinas.

—¿Qué ha pasado aquí? —dije incapaz todavía de incorporarme.

—Ha sido una jugada de riesgo, pero ha salido bien —respondió Elsa mientras me pasaba la mano por el pelo—. ¡No imaginaba que estuvieras ahí dentro!

De repente recordé que en la cima de la montaña había visto un cartel que advertía de la presencia de explosivos. Deduje que Elsa había descubierto en la cantera abandonada viejos cartuchos de dinamita y había encontrado la manera de explosionarlos. Con la ayuda de un detonador, debía de haber ocultado las cargas durante la noche. Y había esperado a que se vaciara el campamento para hacerlo saltar por los aires.

Aquello era un plan expeditivo, más propio de una célula terrorista que de una excéntrica sofisticada, lo que me acabó de confirmar que no sabía prácticamente nada sobre ella y sus actividades. ¿Quién la ayudaba? ¿Pertenecía acaso a alguna facción contraria a Renacimiento? Decidí dejar las preguntas de fondo para más adelante mientras me ocupaba de lo urgente:

—¿Y Hannes? —pregunté mientras me ponía en pie con dificultad—. ¿Ha muerto?

—Ha huido. Y nosotros tenemos que hacer lo mismo. En breve esto estará tomado por la policía.

Con el cuerpo magullado, y cubierto de polvo de la cabeza a los pies, acompañé a Elsa por un sendero que serpenteaba por la parte baja del monte Penoupa en dirección al mar. El sol brillaba omnipotente como si se aproximara el juicio final.

—Creí que no saldría con vida de esa colonia de lunáticos —jadeé mientras Elsa tiraba de mí.

Aunque iba pertrechada con ropa de montaña, para mí seguía siendo irresistible. Al mismo tiempo no podía evitar pensar en lo que había leído en la prensa digital, entre muchas otras cosas que no entendía de ella.

Cuando el mar empezó a vislumbrarse en el horizonte como una gran esperanza azul, la tomé del brazo y le pregunté:

—Me has dicho que no quieres hablar de nada hasta que estemos a salvo —dije—, pero necesito saber si has matado a tu padre.

Un temblor acuoso amenazó con desbordar de sus ojos antes de responder:

—¿Tú me ves capaz de eso?

—No —reconocí.

—Es todo lo que necesito saber —concluyó mientras me arrastraba sendero abajo.

No nos detuvimos hasta alcanzar, una hora después, el cabo del sudoeste donde Panaiotis había aparcado su taxi. El vehículo ya no estaba allí. Quise creer que aquel buen hombre había logrado salir de la sima con vida y regresar a su casa.

Caminamos hasta una cala agreste, flanqueada por una escarpada roca que entraba en el mar como el último pilar de la tierra. Nada más llegar me desplomé sobre la playa, sin importarme que el agua salada rozara mis pies en su vaivén.

Elsa se sentó a mi lado, con la mirada extraviada en el horizonte mientras se abrazaba las piernas.

—¿Tu desaparición en Skala fue para preparar a conciencia el atentado contra el observatorio? —pregunté sintiendo que había llegado el momento de hablar.

—Estaba prevista y te avisé —respondió sin dejar de mirar el mar—. Pero tu llegada a Renacimiento fue providencial en esta misión. Has sido una distracción magnífica para Hannes mientras yo planificaba el sabotaje. Quién sabe, ¡quizás hayas salvado el mundo con tu torpeza!

Justo entonces una voz conocida habló a mis espaldas:

—Lástima que no hayas sido capaz de salvarte a ti mismo.

Antes de que pudiera girarme, noté como la pistola del islandés me encañonaba por la espalda.

—Levántate —me ordenó—. Vas a dar tú último paseo.

Elsa se separó de nosotros como si aquello no fuera con ella. Y lo más insólito era que Hannes ni siquiera la miró. Parecía que fuera invisible para él. Sin entender nada —sólo sentía que había sido traicionado— caminé delante de mi ejecutor, que me empujó con su arma para que subiera a la roca que se adentraba en el mar.

—Quiero verte ahí arriba —bramó mientras me clavaba la punta de la pistola en la espalda.

Una vez en lo alto de la roca, que era una pequeña plataforma sobre el mar embravecido, miré furioso en dirección a Elsa. Continuaba de pie en la playa sin inmutarse. Se limitaba a contemplar mi ejecución con indiferencia, como si estuviera programada desde el principio.

Hannes se incorporó a la plataforma rocosa sin dejar de encañonarme. Su brazo armado apuntaba ahora directamente a mi sien.

—Si has dejado algo pendiente por hacer, algún

deseo, puedes decírmelo e intentaré cumplirlo —dijo mientras su dedo índice hacía retroceder el gatillo—. Me gusta ser detallista.

—Tengo un deseo —respondí—: Púdrete.

Justo entonces resonó un disparo lejano y el islandés retrocedió un par de pasos. Me miró un instante, petrificado, antes de ceder a la inercia que lo impulsaba hacia atrás. Alargué la mano para sujetarle, pero ya había perdido pie y cayó de espaldas. Al llegar al borde de la roca vi cómo el mar se lo tragaba para siempre.

Dos milenios después, Kynops volvía a reposar en las profundidades del Egeo.

CUARTA PARTE

ES SÓLO EL FIN DEL MUNDO

I

Los ojos inmensos de Elsa volvían a acariciar las nubes mientras el Boeing 767 alcanzaba su máxima altitud. Aún no podía creer que continuaba vivo, con ella a mi lado, y que nos dirigíamos al norte de Europa a atar el último cabo suelto de la profecía 2013.

Mi enigmática amiga había insistido en que no la acompañara, argumentando que era algo de lo que debía ocuparse personalmente. Se había negado a darme más información sobre aquel último viaje, aunque logré arrancarle respuestas sobre todo lo que había sucedido hasta entonces.

Tras salvarme la vida disparando sobre Hannes con su revólver, habíamos salido de Patmos en el primer barco a Atenas. La larga travesía había servido para aclarar todos los puntos opacos de aquella trama en apariencia insondable.

Elsa había viajado a Tirana para vengarse de los asesinos de su padre: Hannes y Spiro, su lugarteniente en Albania.

El líder de Renacimiento había iniciado la rueda de la muerte al ajusticiar a Desmestre, a través de un asesino a sueldo que luego había sido liquidado por la propia organización. El crimen del anticuario era haber divulgado la existencia de las cartas —parte de la Nueva Revelación— a través de la casa de subastas.

Para Hannes, darlas a conocer a los no iniciados había puesto en peligro el cumplimiento de la profecía. Con el señuelo de la recompensa, me había atraído hacia él para purgarme personalmente.

El recepcionista había sido abatido por el propio Spiro, que tenía la orden de «limpiar» cualquier testimonio de los contactos con Renacimiento. Su asistente Cora había recibido el mismo pago —con un método aún más cruel— por haber intentado advertirme de lo que estaba sucediendo.

Aquel cúmulo de calamidades demostraba que

el efecto mariposa era implacable: unas cartas en el fondo de una cómoda habían desatado un baño de sangre, que al parecer también había alcanzado a los ladrones tras entregar la mercancía a Spiro.

En la otra parte de la trama, Elsa había pactado con el taxista de Saranda que no dijera nada de su incursión en Butrint «para darme una sorpresa», en sus propias palabras. La sorpresa había sido el apuñalamiento de Spiro de su propia mano, con lo cual sólo faltaba llegar a quien había ordenado el asesinato de su padre. Tras el crimen, había regresado al taxi para seguir haciendo teatro. El conductor debía de haber recibido una buena propina para seguirle el juego, aunque estaba lejos de imaginar lo que había pasado en el recinto.

Una vez en Patmos, Elsa había conseguido un revólver y varios detonadores a través de la mafia local, a la que había pagado una pequeña fortuna. Había tenido que invertir una cantidad similar para poder viajar a Islandia, que era nuestro destino final, con un pasaporte obra de un maestro griego de la falsificación.

—Ahora eres tú la indocumentada —le dije al

oído interrumpiendo su contemplación de las nubes—. En Atenas han sido laxos, pero tal vez en Heathrow te echen el guante.

—Probaré suerte —respondió con un susurro—, antes o después me van a cazar. He confesado los hechos en una declaración escrita para que no tengas ningún problema si algo me sucede. La carta está viajando en este momento hacia el comisario que lleva el caso.

—¿Significa eso que no vas a regresar a Gerona? —le pregunté preocupado.

—Nunca jamás.

—¿Piensas quedarte a vivir en Islandia?

—Posiblemente, si no me detienen en Heathrow. ¿Me vas a delatar?

Dijo eso acariciando mi mano con sus dedos suaves, los mismos que habían empuñado las armas que habían terminado con Spiro y Hannes. Y que habían salvado mi vida.

—Sabes perfectamente que no.

—Entonces no vengas. Quédate en Londres y date una vuelta por Harrods. Le compras algo a tu hija, te tomas un par de pintas y vuelves a casa. O te vas a Boston a buscarla. Ahora puedes permitirte ese lujo.

—Tengo que ahorrar para el colegio de la niña. Y pagar una hipoteca y un alquiler. Esto no es jauja.

—Razón de más para que no vengas conmigo a Islandia. Es el país más caro del mundo.

—Quiero saber qué se te ha perdido allí —dije con determinación—. Además, un poco de fresco me sentará bien.

Tras el aterrizaje de madrugada en Heathrow, había que pasar la noche en un hotel del mismo aeropuerto, ya que el vuelo a Reykiavik no salía hasta ocho horas después.

Quizás porque era tarde, los controles de salida eran relajados y prestaron escasa atención a nuestros pasaportes. Esperando tener la misma suerte a la mañana siguiente, tomamos un autobús que unía las diferentes terminales del aeropuerto con los hoteles de aquel enorme complejo.

Elsa pareció relajarse súbitamente, ya que mientras rodábamos por las instalaciones apoyó la cabeza en mi hombro y me preguntó:

—Por cierto, ¿cómo era la vida en el observatorio de Hannes?

—Una paranoia constante. Me alegra que quieras hablar de él: todavía no entiendo por qué te ignoró en la playa, al igual que no entiendo por qué quieres viajar ahora a su país.

—Lo sabrás todo a su tiempo —dijo enigmática.

—¿Tienes remordimientos por haberlo matado?

—Era lo que Hannes estaba esperando —dijo como toda respuesta—. Por eso fingió que no reparaba en mí.

—¿Quieres decir que se subió a esa roca conmigo para que lo abatieras? —pregunté atónito.

—Exacto, sé que es difícil de entender, porque hay cosas que no sabes aún. Pero ya te lo advertí en Samos: Hannes tenía un currículum oculto. Aunque efectivamente hubiera puesto en marcha el Proyecto Herodes, en realidad sólo buscaba su propio Apocalipsis. El mundo no le importaba.

En aquel momento, el autobús se detuvo delante del Best Westerner, el hotel más económico que habíamos encontrado en Heathrow. Nos apeamos con las maletas y, camino de la entrada, Elsa concluyó:

—Hannes estaba fascinado por los finales, y cumplió su sueño de una muerte extraordinaria, ya que habíamos truncado Renacimiento. No consiguió ser un nuevo san Juan, pero al menos ha logrado morir como Kynops. Ése era su currículum oculto, y yo le he ayudado a cumplirlo.

2

Tras inscribirnos en recepción, subimos a la cuarta planta en un ascensor con un suave hilo musical. Sonaba una lúgubre canción de Hotel Guru, lo que me hizo pensar que el leitmotiv de aquella huida hacia adelante continuaba siendo el mismo.

Right here,
among old gods,
after life,
after trouble

You know,
*this end is the beginning**

---

* Aquí mismo / entre dioses ancestrales / después de la vida / después de las preocupaciones. / Ya sabes que / este final es el principio...

Mientras Elsa se duchaba, me tumbé en diagonal sobre la cama con un sentimiento de inquietud. De Patmos a Islandia, habíamos cruzado Europa trazando una misma diagonal, con un propósito que ella no estaba dispuesta a revelar.

Si todo final era el principio de algo, desconocía qué nueva vía de sufrimiento podía abrirse en la isla del hielo. Casi me arrepentía de haber insistido a Elsa para acompañarla en aquel último viaje.

Por otra parte, todavía estábamos en Londres y nada garantizaba que ella pudiera superar a la mañana siguiente el control de pasaportes. Puesto que la banda magnética de la falsificación no se correspondería con la base de datos de la policía, lo más probable era que aquello acabara en un escándalo y fuéramos detenidos.

Mi humor cambió, sin embargo, cuando Elsa salió de la ducha vestida con ropa interior. Era una combinación de licra negra, lo que realzaba aún más la palidez de su piel.

Como una gata acostumbrada a hacer y deshacer a su gusto, subió a la cama donde hasta entonces yo había cultivado el desánimo. Tras sentarse encima de mí, dijo:

—Si quieres disfrutar de tu *anima* esta noche, vas a tener que prometerme una cosa.

—Hecho —dije fascinado con aquella visión imponente de Elsa.

—Quiero que en Islandia te mantengas sólo como observador. Con tu torpeza, eres capaz de estropearlo todo. Y nos falta muy poco para cerrar el círculo.

—Lo prometo —respondí, aunque no entendía a qué se estaba refiriendo.

—No hagas nada que yo no te pida expresamente —insistió—, ¿de acuerdo?

Asentí con la cabeza mientras Elsa liberaba el cierre del sujetador negro, que al caer liberó unos pechos provocadoramente respingones.

—¿Me encuentro ya dentro de esa disciplina? —pregunté mientras sentía crecer mi deseo debajo de ella.

—Aún no —sonrió—, te hallas en territorio británico. Aquí todo te está permitido.

Un colapso informático en Heathrow permitió que lográramos pasar nuevamente el control sin ser detenidos. El policía se había limitado a mirar el pasaporte de Elsa y contrastar la fotografía con su rostro.

Al llegar a la puerta de embarque, mientras esperábamos la salida de nuestro vuelo con Icelandair, ella me miró repentinamente seria y me advirtió:

—Lo que descubrirás allí no te va a gustar, te aviso. Aún estás a tiempo de volver.

Como toda respuesta, abrí un periódico inglés por la página de ciencia. Había un breve sobre un equipo de investigadores de Estados Unidos que habían hallado un agujero en el universo de proporciones inesperadas:

> Astrónomos de la Universidad de Minnesota han encontrado un enorme agujero en el universo. En él no hay absolutamente nada, ni estrellas, ni galaxias, ni materia oscura, ni los fenómenos conocidos como agujeros negros, sólo el vacío absoluto. El agujero tiene una extensión de mil millones de años luz, mil veces mayor que lo que los científicos esperaban encontrar.

Esta noticia me hizo ver el agujero que se abriría en mi existencia si dejaba partir a Elsa para siempre. Aunque hubiera matado a dos personas, sus rarezas y cambios de humor aportaban contenido a un universo —el mío— que intuía desprovisto de estrellas y galaxias.

Mientras pensaba en esto, se abrió la puerta de embarque y una docena de nórdicos empezaron a hacer cola cargados con bolsas del Duty Free, que supuse llenas de alcohol. Dos de ellos llevaban unas camisetas con el lema LOST IN ICELAND.

Nada más entrar en el avión, advertí que la expresión de Elsa se volvía repentinamente sombría. Al tomar asiento, en lugar de hojear las revistas, cerró los ojos y empezó a respirar agitadamente.

—No me había dado cuenta de que tuvieras miedo a volar —le dije cubriendo su mano con la mía.

—Es Islandia lo que me da miedo —respondió sin abrir los ojos—, no el vuelo.

3

Salimos del pequeño aeropuerto de Keflavik con un coche alquilado sin tener, al menos yo, ni idea de dónde había que ir. Aunque con toda probabilidad había un currículum oculto en aquel viaje, Elsa tampoco revelaba cuál era la hoja de ruta oficial.

—¿Vamos a Reykiavik? —pregunté a mi taciturna copiloto.

—Todavía no —se limitó a decir mientras ponía la radio y pegaba la nariz a la ventanilla.

El paisaje que nos envolvía desde que habíamos tomado la carretera circular —cubría la franja habitada del país— era lo más parecido al fin del mundo que había visto en mi vida: una extensión inabarcable de piedras quemadas y extraños tumultos. Al parecer, a los islandeses les gustaba apilar rocas para crear aquellos tótems.

—Es escoria volcánica —explicó Elsa al ver que me interesaba por aquella orografía carbonizada—. La gente de aquí coloca una piedra encima de otra para pedir un deseo. Por eso hay tantos tumultos.

—Parece que conoces el país —dije cauto, pero celebrando que volviera a hablar—. ¿Has venido alguna vez de vacaciones?

—No exactamente. Tuve una época loca en la que ganaba mucho dinero y venía aquí a gastarlo.

—¿Te refieres a cuando vivías en Nueva York?

—Sí. Tenía veinte años y trabajaba como modelo. Mis clientes eran agencias de publicidad de primer nivel. Me relacionaba exclusivamente con otras modelos y con ejecutivos jóvenes de Londres y Nueva York. Corrían mucho las drogas, y más de uno se quedó por el camino. Otros quedaron algo tarados como yo.

Tras esta inesperada confesión, Elsa hizo una breve pausa para indicarme que girara a la derecha. Nos internamos por una carretera que surcaba un terreno sembrado de penachos de humo. Desde el coche divisé una central geotérmica.

—En ese ambiente todos teníamos amigos y amigas en las dos ciudades, así que una noche al mes se montaba una juerga en un lugar a medio camino entre Londres y Nueva York: y ese lugar era Reykiavik.

—Nunca habría imaginado que este país fuera un centro de fiestas para ejecutivos —comenté mientras llegábamos a un edificio entre nubes de humo.

—Sólo en ambientes muy exclusivos —respondió indicándome dónde debía aparcar—. Quedábamos por teléfono y aquella misma tarde tomábamos un avión que llegaba aquí hacia medianoche. Cuando acababa la juerga, tomábamos el avión de la mañana sin siquiera haber dormido.

—¿Y a qué clase de locales ibais?

—Básicamente, a los bares de diseño de la calle Laugavegur de Reykiavik. Fue así como conocí a Hannes.

Tras apagar el motor, me quedé clavado en el asiento. No podía creer lo que estaba oyendo.

—¿Conociste a Hannes y no me lo habías dicho hasta ahora? —me indigné.

—No supe que era él hasta que lo vi salir de entre los escombros del observatorio, después de la explosión. Lo había visto en el barco a Patmos, pero pensaba que era un turista, por eso permanecí en cubierta todo el tiempo. Creo que él no me vio entonces. Sin duda, era la misma persona que yo había conocido trece años atrás.

—Y aun así disparaste.

—Precisamente porque era él, disparé. Me lo estaba pidiendo con toda su alma. Y había matado a mi padre. Además, tenía que salvarte la vida.

—Tendrás que explicarme muchas cosas —repuse desconcertado, mientras salía del coche al aire gélido de primeros de julio en Islandia.

—Lo haré, pero antes quiero tomar un baño. Me trae buenos recuerdos.

Pagamos una entrada para poder entrar en el Blue Lagoon, que, como su nombre indicaba, era una laguna azul con una temperatura especialmente atractiva para los humanos: cuarenta grados.

Tras recibir albornoces y toallas, pasamos por separado a unos lujosos vestuarios a tomar una ducha. Luego salí a aquel paraíso del baño, donde cientos de personas entraban en calor mientras la temperatura exterior helaba el aliento.

Elsa había sido más rápida que yo y me esperaba junto a unas rocas, en el centro de la laguna, que eran verdaderos surtidores de vapor hirviendo. Fui a su encuentro caminando sobre una arcilla con la que los bañistas se hacían mascarillas en la cara. Era una zona muy poco profunda, lo que permitía estar sentado como en una inmensa bañera natural.

—¿Sabes? —dijo Elsa con una sonrisa de oreja a oreja—. Hay tanta agua caliente en el suelo islandés que los agricultores han renunciado a plantar patatas porque les salían hervidas.

—Háblame de Hannes —le pedí reconduciendo la conversación—. ¿Tiene algo que ver el asesinato de tu padre y Renacimiento con vuestra relación de juventud?

—En absoluto. Hannes no podía saber que era yo, porque en aquella época sólo usaba mi nombre artístico. Y, aunque fuimos amantes ocasionales, nunca vio mi documentación. Aquel último día en Patmos se dio cuenta de que me conocía. Por eso hizo como si no me hubiera visto. Cuando subió a la roca contigo, estaba deseando que le matara. Y no sólo para tener una muerte mitológica, como te dije ayer.

—¿Por qué otro motivo?

—Hannes me había amado profundamente, y es muy probable que siguiera enamorado de mí. El azar, que todo lo ordena, le había puesto en la situación que todo amante no correspondido desea secretamente.

—¿Cuál es esa situación?

—Recibir la muerte de sus manos.

—No estoy seguro de que eso sea la norma entre los amantes despechados —opiné mientras empezaba a sentirme como una patata hervida.

—Pues lo es, créeme. Nada hace más daño a quien sufre por amor que la indiferencia. Por eso los adolescentes enamoradizos, cuando no son correspondidos, sueñan que son duramente maltratados por el objeto de sus amores, y que eso después genera en el otro remordimiento, que es una especie de deuda. Por eso ser asesinado por el propio mito es lo máximo. El enamorado se asegura así que vivirá para siempre, como una herida incurable, en las entrañas de su amor.

4

Tras la parada en el Blue Lagoon, donde Elsa me había embadurnado finalmente la cara de arcilla, continuamos en dirección a la capital sin que yo supiera todavía cuál era nuestro destino final.

—Tengo entendido que Reykiavik es la ciudad más segura del mundo —comenté relajado después del baño—. O lo era antes de mi llegada.

—Lo seguirá siendo —sonrió Elsa, ahora al volante—, porque la pasaremos de largo.

—¿Adónde vamos, entonces?

—¿Qué más da el lugar? —me riñó—. ¿No estás bien aquí, conmigo?

—Puede sonar a tópico, pero la verdad es que

me gustaría ver un géiser. Ya lo dijo Hannes: soy un mediocre.

Había arriesgado con ese comentario, ya que probablemente lo que había sucedido era demasiado reciente para permitirme bromear. O tal vez todo lo contrario: justamente porque aún me hallaba en estado de shock, podía hablar con ligereza de algo cuya gravedad comprendería más adelante.

—Para él todo el mundo lo era —respondió ella igualmente relajada.

—Excepto tú.

—Por supuesto, dado que me amaba.

—¿Dónde empezó lo vuestro? —pregunté mientras el paisaje lunar había dado paso a un verde prado por donde trotaban caballos.

—Te va a parecer extraño, más aún estando en un lugar idílico como éste. Nos besamos por primera vez en un club triste de Londres, donde yo había viajado para un rodaje. Fue muy especial.

—Me gustaría saber más sobre esos tugurios —dije sintiéndome repentinamente celoso—. No consigo figurarme quién puede haber en un sitio así.

—El ambiente fue cambiando con el tiempo —dijo Elsa encendiendo un cigarrillo—. En nuestra época iban jóvenes de estilo gótico y había locales con ataúdes como mesas y muchos candelabros. Tengo entendido que luego se refinaron.

—¿Siguen existiendo? —pregunté sorprendido.

—¿Es que la tristeza ha dejado de existir? A fin de cuentas, la finalidad es la misma que en cualquier otro club: compartir una visión del mundo, o como mínimo una determinada sensibilidad. Tengo entendido que en Japón existen terapias en esa línea para ejecutivos, que se reúnen para soltar la lagrimilla viendo culebrones coreanos como *Soneto de invierno*, que va de amores adolescentes. Dicen que el llanto les baja la tensión y se evitan infartos.

—Ya sé que siempre te hago la misma pregunta —añadí con ganas de reír—, pero ¿cómo sabes estas cosas?

—Te responderé con una frase de Oscar Wilde —dijo apagando la colilla en el cenicero del coche—. «A mí dadme lo superfluo, que lo necesario todo el mundo puede tenerlo».

—Es curioso, Hannes también me dijo en el observatorio una cita de Wilde.

—No tiene nada de raro: somos almas afines.

Pero ¿no querías saber cómo son los clubs tristes? Últimamente me he puesto al día sobre el tema.

—Cuenta —le pedí mientras una larga fila de caballos enanos cruzaban la carretera obligándonos a frenar.

—Uno de los clubs punteros se llama Feeling Gloomy,* y cuelga en sus paredes los titulares de las peores noticias que se han publicado aquella semana. El propietario reparte bebidas calientes mientras los socios se consuelan entre sí.

—Algo así sólo puede existir en Inglaterra —comenté—, que es un país de excéntricos.

—Otro club importante de Londres es Loss,** que está en un sótano del siglo XVII decorado con flores secas, candelabros y fruta descompuesta. También hay juguetes rotos y mariposas muertas. He oído que los asistentes pelan cebollas mientras en un pequeño escenario se representan los espectáculos más tristes del mundo: actúan desde virtuosos de la ópera japonesa hasta travestis que emulan a Marlene Dietrich.

---

* Literalmente: «Sintiéndose deprimido».

** «Pérdida».

Elsa detuvo el coche en un aparcamiento solitario mientras terminaba:

—La competencia es ahora un garito que se llama Scrapclub, donde por el precio de la entrada los clientes tienen permiso para destrozar todo lo que pillen.

Salimos del coche entre risas a lo que resultó ser Geysir, el lugar que había dado nombre a las fuentes termales que expulsaban columnas de agua caliente. Toda la tierra en aquel lugar parecía hervir como una sopa espesa.

—El géiser más importante quedó taponado porque la gente tiraba piedras para ver cómo salían despedidas —me explicó Elsa mientras me llevaba de la mano hasta otro llamado Strokkur, el que congregaba más visitantes.

Aguardamos diez minutos a que el géiser estrella escupiera agua caliente de las profundidades de la tierra. Más que la columna de agua y vapor, me asombró la preparación del fenómeno. Antes de la eclosión, se formaba una enorme burbuja de agua hirviendo que finalmente estallaba verticalmente.

Era una buena alegoría de lo que estaba a punto de suceder sin yo imaginarlo.

Tras complacerme con la visita a los géiseres, Elsa retomó el volante y me explicó que los caballos islandeses son los únicos, juntamente con los mongoles, que tienen cinco marchas en lugar de tres. Camino de la cascada de Gullfoss me contó muchas otras cosas inútiles para la vida práctica, pero que luego son lo que uno acaba recordando.

—Parece que conoces mucho el país —apunté.

—Estuve muchas veces en Islandia, y no sólo para las fiestas de esnobs. A veces me quedaba unos días con Hannes. Lo que verás ahora era su lugar favorito.

Aparcamos el coche en una planicie de la que bajaba un amplio camino sinuoso entre el rumor del agua.

Al llegar abajo, me di cuenta de que nos encontrábamos en lo alto de una gigantesca cascada, que descargaba un mar de espuma entre dos amplísimos escalones naturales. Me quedé mudo ante aquel espectáculo que superaba todas mis expectativas. El rugido rabioso y continuado de Gullfoss decía más de lo que yo era capaz de expresar.

—Vamos —dijo Elsa complacida con el efecto

que había causado en mí el lugar—, conozco dónde hay una gran vista.

Me llevó de la mano por un camino de piedras que bordeaban los márgenes de la cascada, cuyo salto debía de superar en total los treinta metros, hasta alcanzar un pequeño saliente que se asomaba directamente sobre el precipicio.

—¿Tienes miedo? —me desafió ocupando temerariamente la mitad de aquel trampolín natural, con las piernas colgando.

Venciendo el vértigo que me había atenazado desde niño, gateé muy cauto hasta sentarme en el lado libre del saliente, al que me agarraba con ambas manos.

—Tienes miedo —se respondió a sí misma con sorna—. Y es lógico: me bastaría con darte un empujoncito para que acabaras en el fondo de Gullfoss, con los monstruos acuáticos y sirenas de la mitología vikinga. Puesto que estoy en el país bajo una identidad falsa, nadie podría acusarme de tu desaparición en Islandia.

—Es cierto, sería el crimen perfecto —dije sintiendo con un mareo la atracción del abismo—, pero nunca lo harías.

—No estés tan seguro —repuso clavando obstinada sus ojos en los míos—. Al fin y al cabo, tú también tienes parte de culpa en la muerte de mi padre, ya que participaste en el juego de Hannes por pura avaricia. No te ha movido ningún sentimiento noble en todo esto —me recriminó.

—Para causas nobles ya tuvimos a Hannes —ironicé aferrándome a la piedra mojada—. Yo sólo soy un superviviente.

—Es decir: un mediocre —replicó Elsa utilizando mis propias palabras, mientras me pasaba el brazo peligrosamente por la cintura.

Comprendí que mi vida estaba totalmente en sus manos. Un instante de rabia, un pequeño cruce de cables, y todo habría terminado para mí.

—Puesto que podría desaparecer en un instante —dije mientras notaba cómo el sudor me empapaba la nuca—, hay algo que necesito saber: ¿qué hace al final el chico de la burbuja de plástico?

La pregunta pareció tomar por sorpresa a Elsa, que de repente aflojó su abrazo en mi espalda. Luego respondió:

—Debe elegir entre permanecer para siempre en su burbuja o arriesgarse a morir por abrazar a su amor.

—¿Y?

—Decide salir y se va con ella en su caballo. Es muy bonito.

Acto seguido empezó a sollozar mientras la cabeza le caía hacia delante. Entendí que no lloraba porque Tod Lubitch cabalgara con su amor hacia una muerte segura, sino por todo lo que había sucedido en las últimas semanas. Tal vez incluso en los últimos años o décadas.

Traté de animarla con una broma poco afortunada:

—No desesperes. Tampoco es el fin del mundo.

Elsa me miró con ternura y me dio un breve beso antes de decir:

—Para mí sí.

Luego se impulsó con ambas manos hacia delante, precipitándose hacia el fondo de la cascada.

5

Querido Leo,

Cuando leas esta carta estaré muerta en el fondo de Gullfoss. No estés triste, es lo mejor que me podía suceder. Me resulta imposible seguir viviendo después de haber matado a dos personas, además de soportar la tristeza de haber perdido a mi padre.

Curiosamente, al abandonar este mundo he cumplido una promesa que hice al culpable de su muerte. La última noche que pasé con Hannes nos juramos mutuamente quitarnos juntos la vida. Habíamos pensado hacerlo en esta cascada.

Fui cruel e injusta con él. Creo que eso le hizo perder el juicio y arruinar su vida y la de muchos otros. Como me amaba demasiado, para vengarse de mí, acabó preparando una gran venganza contra el mundo que llamó la profecía 2013.

Ahora Hannes descansa en el fondo del Egeo y yo lo espero en las profundidades de Gullfoss, donde a él le gustaría estar, para hacer las paces. Si existe vida después de la vida, encontrará la manera de llegar hasta aquí.

Espero que puedas perdonarme de algún modo. Te he amado de la única forma que puede amar un corazón eternamente triste: hacia dentro.

Siempre tuya,

ELSA

Terminé de leer, con lágrimas en los ojos, la carta que había encontrado sobre la alfombrilla de la entrada.

El sobre llevaba un sello griego, por lo que supuse que la había mandado desde Atenas la mañana previa a nuestro último viaje. La había perdido de vista una hora mientras reservaba mis billetes de avión. Y ahora la había perdido para siempre.

Al abrir la puerta, sin embargo, una novedad de signo muy diferente se impuso temporalmente a la melancolía. Me habían vaciado la casa.

Tal vez porque en aquella urbanización había familias que sólo vivían allí un mes al año, alguna banda de poca monta había decidido llevarse todo mi mobiliario, que no era de Ikea y sólo tenía seis meses. Al menos en la planta baja, de lo que había sido mi hogar sólo quedaban unos cuantos libros por el suelo y un par de jarrones rotos.

Apretando la carta de Elsa contra mi pecho, fui hasta la cocina, donde habían desaparecido casi todos los electrodomésticos. Sólo quedaba una vieja y pesada nevera que no debía de haber gustado a los ladrones.

Al abrirla recibí la primera buena noticia en mucho tiempo: había una solitaria botella de cava, supuse que de mis tiempos con Aina.

Tal vez porque aún no tenía automatizados los hábitos del hombre solo, me la llevé al salón vacío junto con dos copas largas. Aferrándome con uñas y dientes a aquel momento de fortuna, descorché la botella mientras el sol empezaba a ponerse tras las montañas. Luego llené una de las copas.

Iba a llevármela a los labios cuando llamaron a la puerta. Mientras me levantaba cansinamente a abrir, me dije que incluso aquel sorbo de felicidad me era negado.

Para mi sorpresa, al otro lado encontré a Ingrid con su bolsa de viaje en la mano.

—¿Qué haces aquí? —le pregunté—. ¿No ibas a estar con tu tía abuela hasta el fin de agosto?

—Nos hemos peleado —dijo empujando su bolsa hacia el interior—. Tía Jenny estaba tan harta de mí que pidió un crédito para pagarme el billete de vuelta.

Al ver el comedor saqueado, Ingrid se llevó las manos a la cabeza y se le escapó una carcajada.

—Pero ¿qué ha pasado aquí? —exclamó alucinada—. ¿Dónde has metido los muebles?

—Voy a dar una fiesta —respondí agachándome a llenar la otra copa—. ¿Te apuntas?

Ingrid se sentó en el suelo, a mi lado, y levantó el cava entre divertida y atónita.

—¿Cuál es el motivo de la fiesta? —preguntó mientras chocaba su copa con la mía.

—La llamaremos la fiesta de los tristes. ¿Qué tal te suena?

—Suena guay —dijo acercándose el espumoso a los labios.

—El único problema es que no tenemos música —le advertí.

—Sí que tenemos —me corrigió Ingrid sacando su i-pod del bolsillo.

Se lo arrebaté para mirar el listado de canciones. Tras buscar por varias carpetas, finalmente encontré una de Black Box Recorder que me pareció adecuada para la ocasión.

—Pon ésta —le pedí.

Ingrid giró rápidamente su dedo por el círculo del i-pod para subir el volumen. Luego me pasó un auricular mientras ella se ponía el suyo en la oreja.

Hicimos un nuevo brindis antes de que empezara la canción, la cual iniciaba la fiesta de los tristes y tal vez una nueva vida:

Where is the love?

Satellites break up in the atmosphere
Our ashes are scattered in space
All of the answers fall into place
*It's only the end of the world.**

---

* ¿Dónde está el amor? / Los satélites se desarman en la atmósfera / Nuestras cenizas se esparcen por el espacio / Todas las respuestas encuentran al fin su lugar / Es sólo el fin del mundo.

AGRADECIMIENTOS

A Carmen, por su apoyo incondicional en toda esta aventura.

A Care, por estar siempre ahí en los momentos importantes.

A José Ramón y José María —gracias por Herodes—, que me escoltaron hasta Albania.

A Katinka, por Grecia y por todo un mundo.

A Gemma, Roger, Nora y Anna, que conservan la frescura de Islandia.

A Narcís-Jordi Aragó i Masó, por abrirme su biblioteca en Gerona.

A Sandra, Berta y Joan Bruna, mi familia literaria.

A Ana y Pema, las mejores amigas de Leo Vidal.

A las editoras de este libro, por su esfuerzo y entusiasmo.

A los amables lectores.

PATMOS
Skala
Chora
Cueva de san Juan
Cabo de
Genoupas